广雅

聚焦文化普及，传递人文新知

广　　大　　而　　精　　微

春树作品系列

把世界还给世界，我还给我

春树 著

GUANGXI NORMAL UNIVERSITY PRESS
广西师范大学出版社
·桂林·

Chun Sue

把世界还给世界，我还给我

BA SHIJIE HUANGEI SHIJIE
WO HUANGEI WO

图书在版编目（CIP）数据

把世界还给世界，我还给我 / 春树著. --桂林：广西师范大学出版社，2023.2
（春树作品系列）
ISBN 978-7-5598-5583-1

Ⅰ. ①把… Ⅱ. ①春… Ⅲ. ①随笔—作品集—中国—当代②读书笔记—中国—现代③游记—中国—当代
Ⅳ. ①I267.1②G792③I267.4

中国版本图书馆 CIP 数据核字（2022）第 204574 号

广西师范大学出版社出版发行
（广西桂林市五里店路 9 号　邮政编码：541004
网址：http://www.bbtpress.com）
出版人：黄轩庄
全国新华书店经销
广西民族印刷包装集团有限公司印刷
（南宁市高新区高新三路 1 号　邮政编码：530007）
开本：787 mm ×1 092 mm　1/32
印张：8　　字数：155 千
2023 年 2 月第 1 版　　2023 年 2 月第 1 次印刷
印数：0 001~5 000 册　　定价：48.00 元

再版序言

这是一本包括杂文、随笔及小说的书。

第一部分《一个人的力量》，主要探讨的是我自己及同龄人，也就是80后的生存与精神问题。当初写这部分内容的时候，与现在的时间相距较久，修订本书时，删去了一些已经失效的信息，如“大部分80后早已三十而立”及一些当年新闻报道的背景以及一些比较激烈的议论。这些文章里提到的问题现在看起来依然有现实意义，如“逃离北上广”、被催婚、个体的自我实现等。作为作者，我没办法回答这些问题，只希望能提供自己亲身的体验与身边朋友的经历来引发读者共同的思考。

中间的章节，写得全都是文艺青年的生活，看演出、听音乐、看电影、参加诗歌节、与朋友畅谈、旅行等。只有失去之后，才知道这段时光的可贵。我时常想起这段时光，幸有文字将它保留了下来。《阅后即焚》是读后感，因故，删去三篇文章。《敌人易得》略有删节。

最后一个章节《东城故事》是小说。当我重新阅读它们的时候，我情不自禁跟随当年的文字回到了文字描述的当年的生活，就像催眠或者沉浸式阅读，我回到了那时候的胡同、那时候的空气、那时候的气氛，甚至那时候的年龄……时空的变化及小说本身的异化，带给了我双重的不真实感，然而这种不真实，又那么真实。我甚至有点嫉妒当时的自己写出了这样的作品，它们即使结构不完美，却完全能够靠情绪贯穿，充满激情和似乎要涨破胸膛的感情，也许这才是我作品打动人的原因。在小说创作中，我认为失去了感情就失去了一切。

最后感谢广西师范大学出版社及其编辑和读者，以及初版时的出版社及其编辑。有你们的陪伴，我才不致落入庸俗，才能继续追寻我的光和灯塔。

春树

2022年7月22日

目 录

1 一个人的力量

2 既然青春留不住

3 芍药季，还需要一枝粉玫瑰

4 阅后即焚

5 听上去就很遥远

6 东城故事

1

一个人的力量

一个人的力量

前几年80后初长成的时候，媒体有过一阵儿讨论，毁誉参半吧，或者说是将近一大半都是批评。差不多十年过去了，媒体为什么又开始关注这一代人？其实也到了该讨论的时候了，我觉得80后的移民潮已经来了，或者说，已经进行了一段时间了。近几年，越来越觉得社会很乱，人心浮躁，个人安全和发展得不到保障。80后的精英早就出国留学或学成归来了，在大城市寻梦的年轻人的精神危机早已爆发，前几年还引发过“逃离北上广”的讨论，即使再迟钝的80后现在也肯定在考虑自己的未来和何去何从的问题了。

那我们该怎么办？我们如果还想有未来，首先就应该好好回忆一下过去，然后把它封存在心里，接着往前走。修订你的路线，选择你要生活的地方，该努力的就努力，该改变的就改变。不然你就永远和你的过去生活在一起吧，你知道那简直是噩梦。想想为什么遭遇失败，想想那些不公平对待都是出自谁手，想想都是谁希望你没明天，想想这些事儿吧。然后，不要恨，恨只会浪费时间并且没有意义，你要变成你想成为的人，这只取决于你自己，没人会过来救你的，你只有你自己。你自己就够用了。这听上去特别像励志片吧？在这个春天，我经历了从来未曾经历过的事情，甚至做梦都没有想到的事情。有段时间心情灰暗、压抑、焦虑，我不知道为什么会被卡到一个点上，不知道我的过去会如此影响我的现在和我的未来。后来我想通了，不能因为过去而影响未来。

我打算把自己彻底剖析一遍，我知道这过程很痛苦，是揭开伤口，是自我审判，但为了未来能活得比现在好，比现在清醒，我必须这么干。一个人放弃曾经的希望固然痛苦，然而如果用天真而过于乐观的态度来面对永远让人失望的事，这是对自己的犯罪。

一个人的行为就是为所有人开拓空间，比如一个人艰难跋涉，会有人看到，因此得到鼓励。就像我曾经看到的一句话所说，那些艰难跋涉的人向前走，他们看到了光亮，因此向后面的人表述，别人也能因此获得力量。因此一个人的力量也是重要的，幸好现在是全球化时代，是互联网时代，因此，即使在海角天涯，一个人的力量照样会让他人得到启示。

看你往哪儿逃

大概在2010年，我写过一篇文章叫《逃离北上广，低碳又环保》。那时候整个社会弥漫着一股刚成年没多久的80后受不了压力而想要离开大都市的风潮，可怜的80后们，最大年龄刚到三十，就被媒体绑架着要“三十而立”，立不起来的北漂们，都恨不得要“逃离北上广”。当时媒体是用哀叹但基本正面的报道来写“逃离”的，我当时也非常乐观，觉得到了二三线城市，甚至四五线小县城，照样可以过自己的文艺日子，还节约了成本呢，万一一不小心，还引发了新事物风潮，开拓了生活空间，差点儿就要把自己比作成吉思汗了。

我当时很想去天津安居乐业，天津也是直辖市，可跟北京比起来，真算是二线城市了。北京离天津也就200公里，可到了天津完全是到了另一个世界，气氛更松散，步调更慢，甚至空气都更好一些。还有吃的，这也是一个重要原因，天津人热爱生活，讲究实惠，据说不好吃的饭馆开不了几天，能存活下来的都是饭做得真好吃的。在这么一个二线直辖市里租个房，平时去咖啡馆晒晒太阳，去五大道逛逛街，去批发市场买买外贸货，不是挺好的嘛。

事儿差点就成了。我当时认识一个从美国回来的85后男孩，他和朋友在电视台附近合资开了一家比较地道的美式咖啡馆，用的牛奶都是进口的，价格也很实在——在天津这样的地方，必须要实在。咖啡馆有免费WIFI（当时不是所有店里都有WIFI），顾客多为老外和学生，充满了活力呢。在这样的地方写稿，何愁不文思如泉涌？朱天心在《威尼斯之死》里就写了个作家，这个作家每去一个咖啡馆就被那个咖啡馆影响了文风。我相信在这家咖啡馆，我至少能够创作一些比较年轻的、时髦的、受“海龟”留学生喜欢的作品嘛。哦，这天津

85后朋友得知我要逃离北上广，换个轻松的地方过轻松生活时，告诉我他哥们儿有个房子正在出租，就在那家咖啡馆后面的楼上。

我真的动心了。抛开北京的一切杂乱，重新开始生活（当然这么想有点天真了），天津还有我许多诗友。在北京见朋友一面可费劲了，在天津，分分钟的事儿！后来我为什么没有租呢？主要是当时我刚养了两只流浪猫，一想到要开车带它们去天津，就不免谨慎了一点。这稍一犹豫，我就忘了要“移民”天津的事，尽情地享受着北京的优劣，起码熟悉，尽管我基本用不上北京的公众设施——是我自己的问题，我和北京有时差，我起得晚，想去图书馆、游泳池的时候人家都快要下班了。

我就是这么叶公好龙，那时候天天嚷嚷着要逃离北上广，结果都没逃到天津。结果没过几年，媒体又开始做“逃回北上广”的新闻了，中间《人民日报》还做了个“80后暮气沉沉”的专题，貌似关心实则痛贬，要我说媒体从来没真正接纳过80后。可不，与夹缝中的70后和宽松氛围内长大的90后相比，80后真是唯一一代，估计也是最后一代刺儿头和叛逆青年！不省心呐！

和前几年关心80后婚事不同，现在媒体开始关心80后离婚率了。套句海子“该得到的尚未得到，该丧失的早已丧失”的句式，那就是“该没结的80后还没结，该离的80后早已离”，离三回的都有了，但那基本上都在大都市，不在小县城。这可能也是逃出了北上广的人们要逃回来的原因之一吧，这例子比较极端，可我们都知道，小县城产的是“闰土”模式。

By the way，幸好我没移民天津，去年我去天津探亲访友，想再去那个咖啡馆，惊觉它早已换了老板，里面的一切都变了，咖啡也没了，非常凄凉。

无有替代品。这也是从大都市移到小县城所要面临的境况之一。所以我们逃无可逃。老实待着吧，该逃的都逃了，前两年还没有“富二代”“土豪”这些词呢，我们都逃无可逃。现在有了各种怪力乱神，看你还能逃哪儿去。有能力的已经去了全球各地，而因为种种原因想逃离却依然固守的人们，不如把自己的内心打造得更坚实些，把自己生活的环境改造得更美观些，在这个变化莫测、波澜壮阔的时代，谱写自己的乐章。

为什么我们不想住在县城

这事儿让我想了很久。一般人觉得，这不是很明显吗？县城能提供的思想空间和娱乐场所都太少太小太有限。那为什么我们也不想住在北上广？因为那里的思想空间也很小，空气还差。

每次回老家，我都身心舒泰，尤其是前几天。我呼吸着比北京良好一万倍的空气，吃着小海鲜，神清气爽。没几天，我就不行了。有点无聊啊，白天晚上也不知道该去哪儿逛。想找个咖啡馆待待，也只有上岛咖啡。等等，这家是上岛还是长岛啊？我忘了。反正不是那种喝咖啡聊天看书的咖啡馆，而是像许多中小型城市一样，属于谈生意或者谈恋爱（？）去的地儿。

以前回来的时候，我都会逛逛书店。小县城里仅有的一两家书店，其实还不错。里面甚至进过我的诗集，当然，只有一两本。也可能就是这个县城里我读者的数量了。

我有个好朋友，已经逃离北上广，现在回到了东北某小城市。她是不得不走的，她妈妈身体不好，她又交不起在北京的房租。和我比起来，她更是一个典型的文艺青年，甚至文艺到了无法自立的程度。多少次我都跟她说“你还是要考虑一下找个工作挣钱……”我痛恨自己需要跟另一个文艺女青年讲这么不文艺的话，然而北京已经不再是世纪之交的北京，现在的北京物价全面上涨，生存空间日益狭窄，我那个朋友就是被逼走的无数人中的一位。你可以称呼他们为loser，但不得不承认，他们与大部分中小城市乃至农村的群众不同，与物质相比，他们需要更多的精神生活。而当精神与物质无法平衡时，他们被迫要离开精神更为丰富而物质他们达不到的都市。

她是个没什么野心的人，但她也不想做个家庭妇女。回到老家后，她告诉我，在那里她没有朋友，连和家人都无法沟通，每天就像行尸走肉一样活着。“在那里没人看书，只有谈恋爱的才去看电影，商场里的衣服都很丑。”

她已经三十一了，这个年龄说大不大，说小不小，在小地方，就属于大龄，尤其是这些地方还按虚岁来算年龄。她回到老家就开始了一轮轮的相亲，当然这也是迫于无奈，老家的亲人都觉得这个年龄了不结婚你就是不正常。她说她有一次和一个男的相亲，对方觉得她每天起来喝杯咖啡是奢侈的……而在那个小城市，要想找一份好的工作更是难上加难。她说在那里，那种小咖啡馆和北京的完全不一样，都是些见小三的人去的，有些门口还明目张胆地贴着招小姐的广告。酒吧就更别提了，他们根本就不了解什么叫鸡尾酒。而和父母相处，也有许多问题。家人最多谈的就是柴米油盐，偶尔抱怨一下工作。女孩子抽烟喝酒在他们看来都是错误，半夜不睡觉都是件十恶不赦的事。她说长时间在那里待下去会得忧郁症的。在她们家族里，比她小的都已经结婚了，每次参加家庭聚会，她就是那个被围观被七嘴八舌训斥的。而一旦她说出自己的观点，得到的就是另一番更为猛烈的训斥。他们把观点强加到你身上，而你却反驳不得。他们是你的亲人，你爱他们，却无法与他们相互理解。

这种生活和北上广的生活完全不同，生活在不同的地方，脑子里想的事都完全不一样。好在我回老家仅仅是度假，如果要让我长时间待在那里，即使我买了自己的房，有自己的车，我也不知道上哪儿找人聊天。尽管处于网络时代，地理位置依然决定着思维模式。

我在考虑，要不要在老家这个小县城开家咖啡馆？身边的家人都不太看好。的确，这里完全没有喝咖啡的习惯，亦没有为了交流和消磨时光而去咖啡馆的习惯。是啊，我也理解，每天工作，一周五天，一天八小时（至少），哪里有多余的时间？也就是没结婚的还可能有时间。为什么在都市，大家的时间仿佛更多呢？忙归忙，休闲的时间总是能挤出来。也许在都市里，青春期被无限拉长，结婚与否也不再是条分水岭。结了婚的人依然会去咖啡馆，依然为自己保留一些享受的机会。

除了时间，也许就是经济原因了。经济发展起来，文艺才有土壤。我在台湾的朋友保尔就在桃园县开了家咖啡厅（台湾都叫咖啡厅），有咖啡有酒有书有唱片有电影。目前的状态下，我是没办法生活在小县城了，而我那个回到小城市的朋友，又该如何面对她的生活呢？

理想主义者的80后们

关于理想主义者这样的话题，我自己平时都不好意思提，但常常会想起来。每当被问到一些难以回答的问题或者看到一些无法解释的现象，你只要说：他/她是个理想主义者，他/她是个艺术家，或者说他/她是个诗人就行了。这样一切都能解释通了，一切都成立了。

艺术家、诗人，这都得归入理想主义者里。小说家就不一定了。尽管写小说也是很理想主义的一种理想。可能是不成功或不知名的艺术家和诗人暂时无法与金钱挂钩，因此理想主义得比较纯粹。

在几年前集体跌入失语深渊后，近期我感觉80后文学又开始慢慢回潮。然而迄今为止，80后还未产生一位在整体上能与前辈著名作家相抗衡的作家。我们不谈那些在社会上产生影响或者登上作家收入排行榜的80后作家，那和文本没有太大关系。前几天我和一帮写诗的小伙伴在群里聊天，大家还感慨，目前80后诗人也没有一个在知名度和作品上可以与50后、60后、70后诗人相抗衡的。我们最终也没得出结论，原因到底是什么呢？

这可能是有着复杂却不得不面对的背景原因。生存变得艰难，上升空间越来越小，前几代人对我们莫名的不信任……被多重因素挤压下的80后们的创作变得越来越奢侈。这就是我们共同面临的处境，难道我们真成了经济浪潮下被牺牲的一代？

用一句“80后男忙着买房，女的忙着相亲”来形容目前80后的整体面貌，实在是招骂。然而高房价几乎毁灭了80后这一代人的自信，而理想主义者们必须要直面这些困难，想让自己变得牛是自己的事。写出牛的作品是唯一的办法，因为在无法改善大环境之前，我们必须要增强信心和意志力。创作是唯一的选择，群众或上帝也不体谅你的过程啊，在这种状态下搞创作，必须要像得过诺贝尔文学奖的内莉·萨克斯的诗一样“在剧痛的赤道上种植百合”。

去年，我因为合同及其他原因，没有参与一套关于80后的选集。今年这套书出版后，出于好奇我买了其中几本。在被媒体称为“80后五虎将”之一的蒋峰的书《死在六点前》里，我看到几个我同样认识的80后作家的名字。那些文章里的年少迷茫和轻狂的气息让我一下子想到了从前，我还经常怀念那种感觉。那时候我们不知道天高地厚，妄想着能改变世界，或者说要改变文学界。然而这一切破灭得太快了。可是有梦总是好的，江湖儿女江湖老，文学说到底，也是梦一场。

我曾见过那么多才华横溢的年轻作者，我曾在《80后诗选3》里选了“Pass北岛”的几篇文章，比如《拔黄豆最合适的一天》《纪念碑》，作者的语言太好了，每次看，我都感慨这是个天才小说家。然而我之后再也没有见过他的名字，这让我产生了一种悲凉感。

最后我给大家讲一个故事。我有个朋友，大连人，

1989年出生，长得很帅，热爱文学。我认识他好几年了，从来没去过他家。第一次去他家住的地方，我当场惊呆了。他住在胡同里一间不足10平方米的简陋小平房里，上厕所需要到胡同的公共卫生间，没法洗澡。房间里塞满了房东的家具，除此以外全都是书。他的衣柜里和冰箱里都放满了书。他白天出门工作，晚上回来看书写小说。他没说这是他的理想。但我知道，他是个理想主义者。

过去我曾经苍老

最近我陆续看到几本曾认识过的朋友出的书，一本是短篇加随笔集，还有一本是由许多随笔组成的书，还有一本，写的全是真事，像是博客，但比博客要严肃，比纯文学又要浅显。你称呼它为小说也好、随笔也罢，总之内在是有联系的，读起来也顺风顺水，有几个段落我看了还差点红了眼眶，我看到了我们共同体验过的青春，那种曾经试图不顾一切地抗拒平凡的生活的青春理想。我知道“曾认识过的”这几个字很啰唆，然而我不知道该怎么形容我与他们之间的关系。我们都曾在青春文学最火的那几年的浪潮里扑腾过；我们相识的时候大家都还算年轻，完全可以称为“年轻人”；我们这几年都没有什么频繁的交往，然而我们可能还像老情人一样始终关注着对方的名字、对方的动态，对方的某些言行举止都有可能会引起我们内心的涟漪——尽管我们可能并没有向对方表达出来。

对了，我们都曾是“80后作家”。这简直像我们都曾经加入过什么传销组织一样，我们一眼，就能把对方认出来。

这曾是个多么火的名称啊，那应该是2002年至2005年之间吧，80后们正青春，处于毕业后、结婚前的黄金年龄，尚未有生存及养老压力；北京的房价也未曾飙升，打车还很便宜，只有“北漂”一词，还没有“逃离北上广”一说；微博、微信还未诞生，纸媒还没有被电子阅读冲击得支离破碎，那真是80后写作、出版的高峰期，目前市面上有名有号的80后作家，基本都是那时候出来的。不好意思，也包括我。时势造英雄，有人说，世无英雄，竖子成名。那时候青春文学的竞争激烈啊，轰轰烈烈投身于青春写作的写手们大有人在，不像现在，青春文学（包括纯文学）简直就是夕阳产业。不是天才或富二代，如果没有一份工作，想都别想在国内一线城市用几年时间踏实写作而不问收益，除非你是90后、00后（现在连他们也不可幸免了）。江山代有才人出，我们不年轻了，总有人还年轻着。古龙所说的，江湖，江湖总是有新人出现的。

青春一眨眼就过，再残酷的青春也得进入残酷成年。浩浩荡荡的80后作家走的走、散的散，大家都去成立公司、去上班、出国，或者搞别的副业。大部分都过得很好，买了车买了房，结了婚养了猫。然而午夜梦回或在觥筹交错推杯换盏间，有句话又不经意间传入了耳膜："你原来不是个作家吗？怎么现在不写了？……"

"我知道那些放弃过理想的人的表情，只有说到从前，他们的眼睛才会光亮，他们的表情，才会生动。"（恭小兵《青春向前，沧桑往后》）"分身无视金钱，只愿文艺地活着。不必笑我，年轻总有各种尝试，所有的醒悟都在多年以后。"（易术《没有梦想，何必远方》）于是，在三十岁的分水岭，那些还惦记着文学理想的80后们，又出书了，这其实未尝不是一种幸福。解决了生存问题，还接着干挤的是奶吃的是草的文学事业，这简直是活雷锋。

我和他们一样，只是我没有开公司，也没有固定地上过几年班。我也曾短暂地在杂志社干过一阵儿，平时也给几家固定的报纸和不固定的杂志写写专栏，一年半载出本书，有诗有随笔，上本长篇小说《光年之美国梦》还是2010年出版的——收入当然不稳定了。我记得好几次，我卡里只剩下几百块钱，而出书的版税还要在三个月之后或者更久的时候才会到账。好在我家在北京，在此时也往往有朋友帮我，于是我稀里糊涂接到个平面广告的代言，或者是突然来了一笔不知道什么时候写过的稿的稿费，总之，莫名其妙坚持到今天。有时候我觉得早点清醒也好，早点投身到挣钱中，省得总觉得能把写诗写小说的爱好变成工作。我也知道有些钱不能挣，比如转发一个我不喜欢的广告或者代言某个我根本就不了解的产品，这随手就能挣到半本书的钱，可我不愿意。如果我那么做，我也就不是我了，之前那些年坚持写作，又有何意义？

最近，我找了两个翻译译了两章我的长篇小说《长达半天的欢乐》和《光年之美国梦》的英文版，用来寻找愿意为我出书的美国代理商。是的，这比英译中要贵十倍，翻译费比我本人写作得到的稿费要多许多，但这是我的必经之路，也算是必要的投资吧，我对我的作品有信心。

我与我曾认识过的那些曾经的少年写手们四散在全球各地，各自过着自己的生活。有时候我们会在书店或网上看到对方作品的名字，然后在心里默默替对方祝福或者打趣他/她怎么还写得这么差（哈哈）。十七岁时我们在作品里写道自己已经苍老，三十岁我们依然还年轻，还有许多可能。

概不优雅

自从安装了微信，我就不怎么用微博了。科技的更新换代就是来得这么快，微博就像前几年的“开心网”，从火热到式微也没几年的时间。微信更适合小圈子里的朋友交流，无所顾忌，不用担心被道德和政治正确绑架。微博在某个时间段，都被我拿来当小黑板用，就是留言板和宣传册，写写最近干了什么，转转喜欢的诗和音乐，有时候也会转些社会新闻和名人名言，但后两者需要仔细甄选，以免不小心落了俗套着了道。前一阵儿有个大V指责某著名诗人自私，只顾在自己微博贴自己那些诗观，不转发社会新闻，没有社会责任感。类似这样的指责我看到过很多，其实我是很佩服那些沉默的人，沉默也是种态度，并不比那些时刻在转发的人要冷血。作为写作者，该以什么姿态面对微博？我觉得这是个人的选择。我以前相信“在别人的痛苦面前，我怎么能回过头去”，现在我觉得还是先面对自己的痛苦吧，管不了别人，先顾好自己，不给政府和人民添麻烦，把自己的生命活到极致，发挥所有生命的潜力和能力，对自己有个交代。这么着，兴许也可以顺便立个榜样，也许对别人也有所启发。有人指责中国女人概不优雅，说真的，优雅得起来吗？社会这么混乱这么复杂，每天都要面对风吹雨打，退一万步说，这空气就让人优雅不起来。谁在奋斗的时候还顾得了姿势？

不过有时候，我也觉得活得不优雅，或者说是活得很没姿态是种遗憾。那天为了练习英语听力，我下了个儿童节目，叫《英雄团》，是个培养小孩儿能力的节目，比如学习打桩、营救、指挥直升机降落等等。在看的过程中，我不由感觉到一种尊严和自由感，从那些孩子们的脸上。他们的脸上看不到自卑和恐惧，都很自然、很自信，他们在学习新的知识，学习如何生存和帮助别人，一切是有逻辑有方法的。从种族来看，孩子们的父母肯定来自五湖四海，白人、黑人、黄种人都有，但孩子们的脸是天然的未被这世界伤害过的脸，我看着这些，内心不禁五味杂陈。

让自己变得有竞争实力。如何培养竞争实力？首先要学习。优雅是后来的事儿，是必然结果。但凡首先追求优雅，那都是表面上的虚荣，无法达到实质。拎一百个名牌包都没用。

2

既然青春留不住

不想长大

北京这几天一直在下雨，一连下了三天，真让人心情烦躁。向来不喜欢潮湿的我，也不得不忍受这北京的春雨。连绵阴雨让人什么事都提不起精神来，北京的春天本来就短，可能这几场雨下来，就直接入夏了。

然而，总有些事情是无论刮风下雨都要去做的，比如看摇滚演出，尤其是看乐队的演出。自从2005年吉他手去世了之后，Marky Ramone就成了传奇朋克乐队雷蒙斯里硕果仅存的一位，他在跟不同的乐手合作玩乐队，这次来北京演出的合作主唱是著名朋克乐队Misfits的前主唱Michale Graves。

暖场乐队是来自石家庄的朋克乐队Rustic，曾去英国和美国巡演过，不过他们年龄要小得多，台风青春可爱。李岩唱China belongs to me的时候我还是很感动，眼前一直晃动着六七年前在保定的一个小酒吧第一次看他们演出的情景。

Marky Ramone现场很high，原来不知道躲在哪里喝酒的人全都站到了台下，我赶紧站在边上，就知道一会儿他们得pogo（跟着音乐的节奏舞动）。哥几个身体素质真好，连续唱了好几首，节奏奇快，唱得汗如雨下，两次返场不间断演唱，果然是老朋克，多年的舞台经验加上摇滚生活的磨炼才能造就在台上的激情演出。我一直站在外围欣赏，主要是不想舞动，倒是想仔细观察一下他们在台上的现场感觉。他们的舞台表演用四个字就可以形容：天衣无缝。

主唱翻唱了那首汤姆·威兹（Tom Waits）的*I Don't Wanna Grow Up*，这首歌也被许多歌手翻唱过，包括好莱坞明星斯嘉丽·约翰逊。是啊，谁想长大呢？谁不想永远保留一颗童心？德国的小说《冷酷的心》里年轻的烧炭工彼得，羡慕不劳而获、挥金如土的生活，把自己的心出卖给贪婪、冷酷的森林之神，换回大量金钱和一颗石头的心。在现在这个世界里生活，可能冷酷的心更游刃有余，然而摇滚乐就是还原激情和荷尔蒙，更是还原本真："当我在夜里躺在床上，我不想长大/如何能在一个充满迷雾的世界里前行/它一直在改变，让我宁可当一条狗……"

不想长大，并非不愿履行作为成人的责任，而是不想让岁月改变自己的初衷，不想让时光改写自己的本质。没完没了的青春期，是不是招人烦？今天还看到有人说我写的诗只是扯淡，只是在说没完没了的青春期，还说我是诗歌界的郭敬明。我只好说，谢谢。没完没了的青春期证明了我的实力，摇滚乐玩得也是没完没了，诗歌写得也是没完没了，电影拍得也是没完没了。人不能被现实和生活打败，人应该一直活在自己的理想里，也许在别人看来就是没完没了，那就让他们羡慕嫉妒恨吧。正如演出结束时音箱里放的那首熟悉的*My Way*，我原来在"摩登天空"音乐节上也翻唱过的："I did it my way." 我做了我的事，用我的方式，"我的朋友/我将会清楚地说出来/我度过了充实的一生/我走我的路/爱过，恨过……”

这是这次摇滚演出的最佳散场歌曲，只有感慨，没有忧伤。这场摇滚演出最好的结束方式并不是靠在墙上听完这首歌，而是随着这首歌的旋律走出这里，走到大街上，回家，接着过自己的生活。

少年乌托邦

晚上跟朋友在路边吃饭的时候，看到一个久违的面孔，“过失乐队”的主唱李扬，我们认识许多年，但上次见面也是好几年前了。我们打了个招呼聊了几句，我突然特别高兴，像看到一个久违的朋友回来了。他的胳膊上又多了许多文身，而发型倒是很普通。

晚上就在“树音乐”给老妖放了一首过失乐队的《通州乌托邦》。那种歌词里流露出的外地来京组乐队的年轻人在奋斗过程中所感受到的热血和委屈，以及青春岁月躁动感，我感同身受。那种坚持、理想和挣扎，我又何尝不知道呢？“让我们喝一杯／在这夏天的晚上／不再有黑暗／不再有痛苦／让我们歌唱自由。”听着这首歌，就像回到了我们共同经历过的青春期。

去唱片公司有种特别自由的感觉。爬到三楼准备上厕所时，看到两个男孩从录音棚出来站在楼道里抽烟，我顿时像回到了从前。我看到年轻人就高兴，尤其是面目清新、喜欢音乐、正在搞创作的。他们就是比中年人要可爱。自从我离开了杂志社，我就更意识到做一个自由职业者的可贵，虽然钱包里确实没什么钱，但精神上没什么压力了，想说什么就说什么，这也很重要啊。

收到了黑哨诗歌出版计划出的两本《小招诗集：我的希望在路上》，印得极好，甚至可以说是我见过的印得最好的诗集。封面是已故诗人小招的一张照片，正闭着眼睛仰起头，穿一件黑T恤。我与他曾有过几面之缘，在饭桌上，我们也一起喝过酒。我对他并不够了解，只记得他给过我一大摞打印出来的小说，上面还签了他的名字。我不喜欢他的小说。希望我能喜欢他的诗。他聪明，但出身低微，和我们大多数人一样属于草根底层。我与他不熟，不知道他生前最后几年的内心状态。他自大又自卑，用他们帮派另一位年轻的“垃圾派”诗人的话说，他不自杀谁自杀。2011年，他在老家跳河自杀，怀里还揣着一份招工简章。

让人唏嘘。他是个干净纯粹的诗人，他不该死。让我心酸的是，他还很推崇我的诗。在这本诗集的最后一首诗里，他写到了我：“春树来了/酒喝完了该走了/我拥抱了她一下/然后，亲了一下/我比管党生还热爱她。”这让我很难过。小招，生前我并不了解，甚至并不喜欢。他真实的自我隐藏在酒局之后，我忽略了他。但愿他没有死，但愿更多的人看过他的诗。不过，这种怀念已经与他本人无关了。他的悲剧是少年乌托邦的悲剧，是底层年轻人奋斗过程的夭折。可爱的人大多脆弱而易折。我不想看到劣币驱逐良币。我们的内心何时才能像花岗石一般坚强。

一个胡同串子的生活

我最受不了的就是胡同里的人际关系、语言暴力和缺乏隐私。家家户户离得太近，隔音又不好，太多家长里短，磕磕碰碰、吵吵闹闹的声音不绝于耳，很难保持独立性。

我讨厌走在胡同里一眼看不到头，而两侧又太窄，视野不够开阔，只能抬头看到一小片天空。实际上，我对胡同的厌恶这几年已经开始有所松动，我不像曾经那么讨厌胡同了，可惜最近，我恍然意识到我对胡同生活还是不够了解，还是太过于乐观了。

几个月前，我搬到离西海很近的一条胡同的一个小四合院，它离西海只有十分钟的距离。我本想着平时可以在湖边跑步和散步，这里离菜市场也很近，很有生活气息。小四合院里只有一间小平房和一座复式小二楼。复式小二楼的房间格局非常完美，阳光明亮，楼上是木地板和木头的天花板，每间屋子都有一个小天窗，可以躺着看月亮，也可以在下雨的时候听雨，刮风的时候看窗外树木摇动，这简直像梦幻的柏林小屋一样。

哪知租下这房子后我很快就发现，屋里的布局是很牛，但周边环境却太不尽如人意。小四合院里的那间小平房是房东一家住的，四五十岁的房东阿姨和她已经成年的闺女及两条大狗。刚租的时候她们说这里平时不会住人，哪知她们现在却天天住在那里。每天我一打开小四合院的木门，狗就狂吠不止，随之而来的是房东阿姨女儿的一声棒喝："闭嘴！"次次如此，每次听了都让人吓一跳。有一次我带朋友来家做客，刚打开四合院的门，狗就开始叫，然后仍然是一声拖得很长的利嗓："闭嘴——！"朋友一听，顿时捂住胸口："这是谁啊，这么凶。"我说是房东一家，他也觉得住在这里实在是太不舒服了，随时随地都像被监视。有一次我在家听音乐，都收到短信说小点声儿，一看表，才晚上十点半。

我在鼓楼东大街住过几年，那边有许多好玩的咖啡馆和Live House，周边邻居也见多识广，比较好相处，根本不会出现半夜在自己家放音乐被投诉的现象。邻居们也喜欢办party，周末常常到了凌晨两三点还在办party，非常喧嚣，根本就不会有任何孤独感。而在新搬的家里，每到黄昏落日时分，我就开始心跳加速，害怕黑夜的到来。周围的房客太过于安静，相比较房东的狗又太能叫了。

更吓人的事发生在我搬来的一个月后。有天我到胡同口的小卖部买烟，一个留着小胡子的胖子过来搭讪，说话不干不净的。听房东说，这个人刚从监狱放出来，就住在胡同里面，平时养鸽子，对猫很不友好，会打猫。这对养猫的我来说无异于当头一盆冷水。

我的好朋友也在胡同住过一段时间，她也很喜欢音乐，经常在家放歌，有次邻居带着把菜刀就来砸门，非说她扰民，不让她晚上听歌。后来她搬家了，总结了一句：住在平房确实接地气儿，但有一个流氓邻居也确实是没办法。

看来，胡同的学问深着呢，我的性格实在是没法在胡同里立足了。等这个月住完，我就打算重返鼓楼，回到我以前住的公寓、我的楼房。还是那里适合我。

青春未央，不要慌

整理从小到大的成长照片，想起许多有趣的细节。小时候几张照片我都在咧嘴大笑。四五岁的时候在老家院里抱着洋娃娃，咧嘴大笑；初中入学军训完，晒得一身黑，和小伙伴们坐在沙发上咧嘴大笑；十八岁的时候在河边和朋友聊天，咧嘴大笑。就连笑的角度都一样，看来我从小就是个乐天的人。后来我忧郁过一阵儿，但和好朋友在一起的时候，我还是常咧嘴大笑。

看着这些照片我真有点感慨，本来多乐观多淳朴一孩子啊，后来怎么就那么敏感、忧郁和纠结呢？是不是因为我爱上了文学？还是因为爱上了摇滚乐？当然，要是总是咧嘴大笑也显得这个人不够丰富，性格不够深刻，总得有点沉思的时刻吧，想人类的出路，想自己的未来，或者是怀旧。表情必须深沉、严肃、迷茫。这样的照片还真有一堆，不过基本都是在内室摆拍的时候，或者是看书被抓拍时。在户外，我更自如，更阳光，有时候我想，最大的幸福就是有人集中一个时间段免费教我骑马、射击、潜水等一系列特工要掌握的课程，至于关在森林小屋弹十个小时钢琴就算了吧，哪怕是世界上最好的钢琴老师提出免费教我弹琴，一天也不能超过一个小时。

2010年，我随“携程旅游”和“视讯中国”组织方邀请的几个人一路从兰州到甘肃再到新疆旅游，在敦煌留下了“夜未央，行无疆，骆驼乡，拍照忙”等一堆顺口溜。随行拍摄的马克欣在录节目的时候想出一句词叫“夜未央，行无疆”，我觉得太欠了这词儿，顺口溜嘛这不是。那几天大家一直念叨着这几句，想起什么就往上加，比如“夜未央，饿得慌，当啷啷”什么的。马克欣特有趣，在玉门关的时候，“春风不度玉门关”的玉门关，马克欣介绍了一下玉门关，然后引出我出镜，想让我说几句有内涵的话，这时我突然接了一句“这个地方我觉得还挺值得来一趟的”。马克欣的表情有点慌，不知道该怎么往下接了。当时我们就笑场了。那回我们留下了许多照片，敦煌的天蓝得没有一丝云彩，干燥炙热，空气能见度比城市里好得不是一点半点。后来我与马克欣和另一位女孩一直维持着友情，就是因为我们在一起拥有过许多快乐时光。

形容一个人常用“动若脱兔，静若处子”，我想我更偏向于前者。至于选择了写作这个行业，也许只是出于偶然。或者运动能解决许多问题，但精神世界的探索仍需要一个人静静地思索。思考往往是痛苦的，却又是必不可少的，能耐下心来学习和思考的难度，不亚于把自己变成一个海军陆战队队员。

微量的幸福

我从少年时期就认识的诗人好友回到上海，娶妻生子，还在写诗，经常在微博发一些做菜的照片和养孩子的心得，他提到了一种“微量的幸福感”。

我心有戚戚焉。我还没有孩子，但我有三只猫。与它们生活在一起，没有带孩子那么累，但的确是有“微量的幸福感”。那毛茸茸的手感，身上带着阳光般的味道，当然还有它们打起小呼噜时的声音，统统构成我的微量幸福感。我常说，不能以养宠物的心态来养它们，一定要以同类的心态来对待，比如要争取猫权，猫在家里要有自己的领地，有自己的活动空间，喂它们食物和水都要新鲜、安全。我们一起度过美妙的时光，互相陪伴就是最大的幸福。

跟英国待了两个礼拜，一回来就闻到客厅一股猫尿味儿，据保守估计，我儿子至少在地毯上尿了五泡尿。继微量的幸福感之后，它带给我大量的劳动量……然而我还不能抱怨，比起孩子要上的各种学要进入社会，我的猫儿子们省事儿多了。

所谓微量的幸福，实际上我们对幸福真不能要求太多。以前可能就是因为我要求“大量的幸福”又达不到而不满吧。比如我要求每天都要high，结果就是每天都很累。我要求达到某种成就感，比如出去玩就要去一堆没去过的地方，见识一些没见过的风景，不仅仅满足小小的快乐，而是要大量的、全盘的、无时无刻的快乐——于是颓了。承受不起啊，无论是时间还是体力，大量的快乐让人晕眩。这次我在英国，就是因为期待值太高，安排的事情太满，活活儿地把自己累着了。只有两个礼拜，除了去大学城参加活动，我还安排了几个不同的城市去游览，尽管英国的国土面积比起中国来说是小得可怜，但正因如此，公路都狭窄而曲折，不像中国的路大部分是平直的，本来就晕车的我开车走这样的路直接就晕车了。本来出来玩就是要放松，在路上的我却更忙了，来不及欣赏，来不及体会，只是走马观花，匆匆而过。

假如我当时就意识到“微量的幸福感”的重要性，我就不会对这世界和自己如此索求无度。我当静下心来品味生活，在陌生的城市里不疾不徐地前行，按自己的生活节奏生活，即使是在异乡。

春风沉醉的北京

在北京短暂而美好的春天，阳光灿烂没雾霾，你就看吧，大家都出动了，去公园的去公园，去郊区的去郊区，顺义和香山的路都堵车了，有条件的都下江南去赏春了，可见大家对自然的热爱，对美景的向往。可惜咱们现在生活在一个自然被严重破坏的时代，想亲近纯正的大自然也不是易事，公园里人比花儿都多。那我也不能辜负这难得的春光，带着外地来的朋友，一咬牙去了玉渊潭公园，那里正值一年一度的樱花节，平时我肯定不会去凑这个热闹的。

穿着刚买来的大圆摆短裙，齐膝袜加球鞋，拎着从老家带回来的姥姥那辈人用过的手工藤编篮子，里面放着咖啡壶、纸杯、红酒杯、面包、亲自做的芝麻菜小西红柿沙拉和一瓶红酒，出发！

进公园，穿过熙熙攘攘的人流，我们走了二十分钟，才找了块儿有阳光的草地。铺好毯子，躺在花树下聊天晒太阳，不亦乐乎。美中不足的是旁边还有十好几口子年轻人在拍一个什么戏，他们一会儿跑过来，一会儿又跑过去，我们只好当没看见，固执地充当了他们的背景。

过了一会儿，实在受不了他们的噪音，我们打算换地儿。不远处有一棵开得正好的桃树，艳粉色的桃花在蓝天阳光的映衬下分外喜人，旁边还有一片竹子。趁没人注意到那里，我们赶紧又把毯子铺过去，躺下之后，简直像进入桃花源，视线里只有蓝天和桃花。可惜太美好的东西谁都喜欢，没多久，过来拍照片的游客就络绎不绝，还有带着专业摄影道具的摄影小团体，站在我们旁边，脸往桃花上一靠，就开始拍照。

我家的猫也享受着春天，它们白天从阳台出去，在院里的草地上翻滚、爬树、吃草，顺便和别的猫吵架。已经有四个邻居阿姨跟我说，我家的猫跟她特亲了，听得我分外自豪，我家猫比我人缘儿好多了！

既然谁都留不住

在写诗上，我真是许多诗人“看着长大的”。17岁的时候在“方舟书店”买伊沙的书，沈浩波打电话给伊沙说“你有了一个小读者，她特喜欢你”；第一本小说没出版前，我就开始在“诗江湖”网上写诗贴诗，那真是我战斗过的地方；第一次去天津，那时候我还没有出书，只是写诗，徐江热情接待，请我吃饭，还带我去他家玩，给我留下了深刻的印象；我的处女作发表在“诗参考”……主编中岛见到我还说，一直关注着我的写作，包括我的变化，因为处女作首发是在他那里，他对我有责任、有感情。之所以又提起这些革命往事，是因为我们共同经历了史上最长的诗会，从下午5点到凌晨2点，在北京东城区的方家胡同某酒吧，“长安诗歌节”第130场之北京专场。这估计是中国历史上最长的诗会了，估计放在全世界都算长的。

“长安诗歌节”一如既往地专业且严肃，诗人们不但对自己喜欢的诗由衷赞美，还会提出自己的意见，有时候甚至是严苛的意见。比如就有诗人批评唐欣的“雪山似的乳房”这样的句子难度太低，写得太顺了，降低了对自己的要求。而听了几位我之前没有听说过的85后诗人的诗后，我甚至开始羡慕他们刚开始写作的那种冲劲和新鲜感，还有那种透明的质地。85后的诗人和85前的诗人在诗风上区别很大，他们没有我们的那种沉重感。当然，他们的语感也真的好，语感这种东西，有就是有，没有就是没有。有的人就偷着乐去吧！

在我读了三首近作后，按规矩，开始评论。大仙、沈浩波、中岛、李伟都评论了我的作品，伊沙补充了他的看法，提起我们相识之初，以及我出名太早太快。是啊，优点是我写的每一行字都有人会认真读，缺点就是如果我名不副实甚至我的作品没有大幅度超越我的名声，就会受到批评和诋毁。他讲了两个八卦，其中一个是我听说过的，一个没有。第一个是2004年时，一位著名的男诗人给他打电话，足足讲了四十分钟，电话中痛骂我上了美国《时代周刊》的封面；另一个是近期，有诗人给他投稿，里面骂我是“国际小资”……估计还骂了更难听的话。我在台下听得面红耳赤，被骂不惊讶，我一直都是被骂过来的。惊讶的是这第一个故事我听过，第二个没有，我以为诗人只骂对方作品呢，没想到连别人的生活方式也骂。到底是谁这么痛恨我，厌恶我呢？我真想看看那首诗，如果他写得好，我对文本会心服口服；如果写得不好，哈哈，那真是对我最大的安慰。

对名声，用句很流行的话，我有一种“钝感力”。这有好有坏，好的是受的刺激不会那么深，坏的是战斗力可能会没那么强，更坏的一面可能是会忽略了写得越来越好的80后诗人，对他们失去了警惕。伊沙在发言中也提醒了我，没有什么是白来的，对任何人来说，名声、光环之类的东西都是留不住的，必须要突破自己，别的就任由他人评判吧！

3

芍药季，还需要一枝粉玫瑰

玩猫看书的初夏时光

话说夏日炎炎，做什么都不起劲。每天最喜欢做的事，无非就是侍弄家里的三只猫和看闲书。我说的闲书是真正的闲书，可看可不看的那种，看了也得不出什么修身养性的好处，更得不出什么学问。它们统统被专家学者们斥为垃圾书，是那种没什么事儿最好别看，有什么事儿更不要看的书。但我喜欢看，这样的书最为有趣，有些书想象力一流，有时你甚至会觉得这家伙的想象力实在太绝了，可能笔杆子差了一点。还有些书是典型的没写好的好书，故事一流，只是架构太差，还起了个标题党的书名，最终流落到地摊或者是专卖盗版书的书店里了。

我喜欢看写得差的好书胜于写得好的差书。二者的区别是，前者文字可能差点，但有趣、有灵；后者像流水线上操作出来的，文字没问题，故事没问题，但看了跟没看似的，甚至一肚子反感，它们明显是为了卖钱而写的，一丝一毫的诚意都没有。

天热起来，开空调又太早，于是每晚入睡都要折腾几个小时。这几个小时，我不是用来看电影就是用来看书。间或到客厅与我的小猫们玩一会儿。猫也和人一样，有不同的性格。有时候我看着它们甚至认为，这些天性生下来就注定了，后天很难改变。有人说，什么样的主人就有什么样儿的猫，我有三只，每只性格都不同。黑猫Caesar深得我宠爱，性格不卑不亢，活泼又爱亲近人，特别懂事儿，有时候看着它的眼神我就觉得我们两个在无声地交流。白猫Vanunu简直是“被害妄想症”附体，家里一来客人就跑得没影儿，平时也一惊一乍的，就好像别人会害它。新来的一只小花猫满身花纹，才一个多月大就来到家里，来的时候饿得皮包骨，看它灵活动人，眼睛大大的，取名Miumiu。可惜它先前在外面流浪过，对生活没有把握，缺乏安全感，不太敢与人亲近，加之年龄太小，生性顽劣，刚来就已经把我的床尿脏了几次，害得我只好锁上卧室。当了猫妈妈，一碗水肯定要端平，尽管我内心有偏爱，也不会在饮食上表现出来，每只猫都有自己的饭盆，随时供应适合它们的猫粮。如果说猫的性格与主人相似，我只愿Caesar代表我的性格。另两只可能也带有我的性格缺点，只是我不愿意承认罢了。

它们常趴在阳台的台阶上休息，每次看到这三只猫，我总被Caesar的美貌打动，一身黑毛，四蹄儿踏雪，小鼻子旁边还有颗小黑痣，像极了希特勒与赵本山的混合体，浑身上下只有三种颜色：黑、白、粉，看着就让人心生怜爱。再看另两只，唉，一声叹息。

猫是可爱的精灵，但确实，不是每只猫都可爱。不对，是每只猫都可爱，只要你放下人类对“可爱”原有的理念，才会发现，任何一只猫，都是精灵。

猫事

在我家的小白猫Vanunu发情两个多月后，我终于咬牙带她去了诊所。关于猫到底要不要做绝育，网上许多人都在讨论，没有什么定论。做绝育是为了避免猫无休止的生育，同时也避免它们的生殖系统生病。而不绝育，有很大程度上是不忍心剥夺小动物的生育权利。我家有两只猫，公猫Caesar也在8个月大的时候做了绝育，当时我也是非常不忍，但也没有办法，发情的猫很容易离家出走，而外面的这个世界根本不适合小动物生存和成长，万一哪天它被人类伤害了怎么办？

Vanunu随之发情，母猫只能在两次发情期之中去做手术，这样她不得不受了点苦，她开始夜晚嘶鸣、低声呜咽和逐步消瘦。当她快瘦成一只非洲猫了，我终于下定决心，解除她的烦恼，带它去了动物诊所。

它们都带给我许多快乐。它们基本上是前后脚进入我的家，都是流浪猫，来的时候都不足两个月，都还是活泼可爱的小奶猫。很快它们表现出不同的性格特征。Caesar爱闹，爱亲近人，是只自私的小野兽。Vanunu像几乎所有的波斯猫一样慵懒、害羞，像个高贵的淑女。Caesar一身黑，四蹄踏雪，网称“黑猫警长”。Vanunu一身白毛，两只眼睛一只深蓝一只浅蓝，说不出的妩媚。如果它们能生孩子，孩子应该也是特别漂亮可爱吧。可惜它们对待对方仅仅是亲人，爱情什么的完全无感。我不想它们再次沦为流浪猫，外面的环境对于动物来说尤其恶劣，光想一想就让我这猫妈不寒而栗了。谁也不希望自己的“家人”受到伤害，于是在小猫的自由和安全间，我选择了安全。这让我痛苦不堪，正如英国女作家多丽丝·莱辛在她的《特别的猫》里所说：“那些兽医怎么不想办法替猫发明一种节育方法呢？光只为咱们自己方便，就任意剥夺它们真正的天性，这根本就说不过去嘛。”

人类为动物做得太少了，凡事都围绕着“人”这个中心，对于动物们，如果不吃掉它们，基本上也算是没有任何作为。从收养它们的那一天，我就知道最终有天要选择是否为它们绝育。当它们小的时候，只知道玩耍嬉戏，那时候只希望它们玩得再开心点，再懵懂些，不要太早就面临长大后的无奈。我为它们选择了最优秀的动物诊所，希望它们少受些苦。人与动物间的缘分是珍贵的，它们选择了我家作为它们的家，选择了我作为它们的亲人，我就一定要照顾好它们。人与动物都只是地球上的客人，没有孰轻孰重之分，仅仅是因为人类掌握了地球，别的动物们不得不退居二线，丝毫不被保护，这根本说不过去，但愿有一天，人与动物们能够共享地球的一切。

过春天

每年乍暖还寒的季节都是北京最美的时候，盘桓了几个月的冬即将过去，而炎热的夏尚未到来。北京的春也是阴晴不定，偶尔阴雨连绵，好在大部分时候都是阳光灿烂。如若没有风，便是最美的季节了。

在微博上看到“美国驻华大使馆”的微博贴出了华盛顿的樱花，那里每年3月下旬都会举办樱花节，这些盛开的樱花都是来自日本的礼物。1912年，日本东京向华盛顿赠送了三千株樱花，1985年，华盛顿开始举办樱花节。我想起两年前的春天，自己乘坐“灰狗”去华盛顿看樱花，当时我一边看一边想念北京玉渊潭公园的樱花。那是离自己小学最近的公园，小时候春游总是定在那里，玉渊潭算是我们那一片儿小孩儿最熟悉的公园了。

纽约也种着许多株樱花，一到春天，漫天红粉。纽约唐人街的街心公园里也盛开着不少，我在纽约学英语的时候常在唐人街公园的长椅上坐着看书、看花、看人。比如一对年轻而时髦的亚洲情侣，女人穿着细高跟鞋，男人西装革履。这在唐人街并不多见，毕竟唐人街住的人穿着打扮都以休闲为主，甚至有些邋遢。也许是因为第一次去美国度过了整个春天，所以现在春天一到，便开始想念纽约。想念饥寒交迫的感觉，想念心无旁骛的图书馆时光，更想念春天和同学们去布鲁克林公园赏樱花，草地上一坐就是半天。来自世界各地的年轻女孩们的小脸都被阳光晒得红扑扑的，同时也被樱花映衬得粉嘟嘟的。美好的时光总是轻松，花钱不多找乐不少，阳光和花朵都是免费的，年轻的乐趣就是没钱也能过得有滋有味。

成都的春天亦是闲适的。品茶，晒太阳，聊天，同样一坐就是一下午。成都的闲适略带些暮气，像是老年人在老墙头下穿着老棉袄晒着老太阳，知道阳光的天气不多，所以非常舍得花出时间来。成都人同样喜欢摆弄花花草草，成都的文人们都是朋友，他们除了常办诗歌朗诵会或者是读书会，还经常相约去郊区赏花，真是让我羡慕。北京从来都未曾闲适过，每人都恨不得心藏大志，在咖啡馆里与朋友晒几个小时太阳就像犯了什么罪，心中忐忑不安。纽约的闲适是真正的忙里偷闲。好在那城市并不大，并且四通八达，想去任何一个街心公园都可以走着去，或者坐地铁，路上还可以办些杂事，方便至极。天津则是几个城市之间的路数，我曾从北京搭快轨到天津，只为了去一家朋友开的美式咖啡店里喝咖啡，去五大道看花，轻松、愉快，真是偷得浮生半日闲。

不知道上海的春天是什么样子。与之相对的是巴黎，以前我写过一首《巴黎春天》的诗，将巴黎狠狠奚落过一次，实际上我喜欢的许多作家都来自法国，为什么不喜欢巴黎的春天呢？也许我还是喜欢带着狂野气的地方，也许我还是痛恨精致和婉约吧。

当一个享乐主义者

在密集的劳作或者是紧张的工作期结束后，总会感觉身心疲惫。这样的疲惫时刻，只希望自己躺在床上，狠狠睡十几个小时。或者就是泡个澡，放上喜欢的音乐，往台灯上喷喜欢的香水，让屋里充满自己喜欢的气息，看一本根本不需要思考的书，或者翻翻杂志，看些美图，让大脑放空。身体的劳累还可以通过休息来缓解，心灵的压力若无法释放，只能充满怨恨和不满。

好像每隔几个月我都有这么一次密集工作，过程往往不堪回首，喜忧参半，充满自我怀疑与自我安慰，最终达到自虐的崩溃程度。工作结束后，我会发疯般怀念阳光与沙滩，怀念曾在海边度过的悠闲时光。每当想到度假，总是希望光脚走在海边，手里拿一杯冷饮或者热咖啡，抽着烟看身边走过的游客。

怀念躺在床上，透过头顶上的玻璃看被风吹动的树梢。在爱荷华大学看风吹过，一阵金黄的落叶飘舞。怀念在二手店里和朋友们叽叽喳喳地谈论每一件衣服和鞋，还有在纽约的时代广场和漂亮的男孩一起看电影。怀念从洛杉矶开车去旧金山一路绮丽壮观的风光。把自己搞成工作狂是悲哀的。更悲哀的是发现自己同样需要欢乐和热闹，想起好久没有体会那种不顾一切的感觉。想自由降落。想爱谁谁。不妥协。不顾忌。

我的内心存在着两种完全不同的价值观：一种是清教徒似的，并不追求欢乐，常常自问，难道我就配过更好的生活吗？常常怀疑，常常对自己不满；一种是一个享乐主义者，喜欢香水，喜欢涂指甲油，喜欢享受生活的美好细节，喜欢无所事事。

在密集的工作结束后，我常感到一阵悲凉。这时候，我往往不想再为任何人任何事负责，我甚至不想为自己负责。然而，我们生存的世界太过于复杂和残酷，除了为自己负责无路可走，根本找不到一个可以宠溺自己的人，所以我常自己宠溺自己。我会去买自己喜欢但不是很需要的东西，比如一瓶可能我从来都不喷的香水，或者是一本昂贵的摄影画册，或者是干脆在自己的城市去住青年旅馆，和好友聊天到天亮。

《独立，从一个人旅行开始》这本书里，作者写她曾做自己不喜欢的工作，月底拿到工资后，去西药房买了一块芳香润滑黄金色的肥皂，是优质蜂蜜做的，呈现丰满的椭圆形，那块肥皂带来的精神自由，至今令她难忘。

做一个享乐主义者，很难。然而，命令自己排除一切享受，不断地奋斗和进取就真的有意义吗？也许这会让人沦为一个忽略过程的目的主义者。当目标完成，人也随之感到空虚，甚至记不起一丝有关过程中快乐的记忆，留下的只是完成目标的苦涩。

我渴望偶尔小小的放纵，人生得意须尽欢，尤其在花的都是自己的钱的情况下。尤其是在我们还没有老去的夜晚。

柏林少女

我压力特大的时候特爱喷香水，比如面临写作危机的时候，比如需要看一整本书的时候。最近我刚爱上一款名为“柏林少女”的香水，由玫瑰加胡椒构成，据说灵感来自瓦格纳的歌剧《尼伯龙根的指环》。当然这都是让人想买的因素，也会吸引到原本瓦格纳的粉丝，至于灵感是否真的出于它，谁也不知道。它是浓重的红颜色，与它的名字相呼应。柏林的颜色一定不会是轻淡的，必须沉重，必须压抑，必须酷起来。

少女的红发，透明的玻璃瓶质地，这就是青春的叛逆感的绝妙体现。

头一次见实物是在布鲁塞尔一家香氛精品店，传说中的香水们排成一排，缄默地等待着顾客来试香。不但有香水，还有室内香氛和香味蜡烛。售价不菲，然而有机会能坐在白色的软皮沙发上亲自试闻，亲手抚摸，亲眼所见，所得到的整个浪漫的体验和情调的提升又何尝不比网购要值出许多。闻得头晕时，嗅嗅桌上的咖啡豆，休息一下，再接着寻香。

必须要亲自尝试，才能够挑选出一款适合自己的香水。就是这么微妙，哪怕差了一点点，也不够适合自己呢。就像鞋子一样，必须要亲自试穿……

冬天的时候我喜欢喷男款香水，海洋味道的，走在北京的寒冬中，迎着寒风呼啸，这才与环境融为一体了。男款香水还有一个优点是便宜。

冬天也适合温暖一些的味道，然而我还没有找到。

有些香水被我命名为“工作香水”，喷上它我就明白，我得写作了，我得出门谈事了。有些香水是“度假香水”，它们让我放松心情，不想那么多，管它北京是不是雾霾呢。

香水这种东西，有些会一用再用，有些用过一瓶后，就不会再回购了。它让人想到过去度过的时光，不是所有的时光都值得留恋，所以要接着找那一款，适合日前心境的味道。

压力大的时候，我还喜欢点香味蜡烛。一个法国牌子：Diptyque。从实用角度讲，比香水还不值得。香水可以用几个月至一年，蜡烛也就几天。

所以这才是奢侈品，看不见摸不着，几乎无法与人共享，然而一闻到，就让人心情愉悦。

在巴黎的一个学艺术的朋友家，闻到一股清新的味道，是玫瑰和天竺葵味道，也是同一个牌子。蜡烛不信品牌真不行，曾经买过美国牌子、英国牌子的蜡烛，稍便宜一些，真的是不怕不识货，就怕货比货。这种情况还不如买宜家的蜡烛，白色的罗马圆柱形，几根放在一起，也挺好看的。

蜡烛和情人节的玫瑰花一样，不实惠但让人心情愉快。芥川龙之介说，人生不如波德莱尔的一行诗。我也觉得人生不如情人节的一枝玫瑰，人生不如点燃一支法国蜡烛所散发出的芳香。

芍药季，还需要一枝粉玫瑰

在蓝色和红色之间，我选了明亮的红色指甲油。涂着指甲油，听着古典音乐，闻着芍药的香味，我喜欢这样明亮的初夏的夜晚。

想着要送一瓶朋友送给我的爱马仕的香水给另一个朋友。这瓶香水颜色就是蓝绿色，闻上去很清新，适合我那个当文学翻译的朋友。

古典音乐，很适合夏天。我最爱夏天，多热都不怕。我爱户外运动，爱水，更爱大海。爱夏天瓢泼大雨，爱痛快的天气。

上海小朋友发信息过来说刚上完指挥课，外面下着大雨，果然我从信息里听到大雨的声音。《他发来一段雨声》这首诗是一个在挪威搞艺术的朋友给我发来一段雨的声音后，我就把它写了下来。在中法诗歌节黄山分会场，法国诗人André Velter读了我的《他发来一段雨声》的法文版，他说喜欢这首诗，我读了中文版。其实这首诗不是我平时的风格，这是我新近的尝试。

集中听古典音乐，喜欢上了那个穿紧身裙和金色高跟鞋的王羽佳。她弹得行云流水，我听得如醉如痴。古典音乐和摇滚乐的听感完全不同，摇滚给我激情，古典让我平静。集中看了几个艺术片,《她比烟花寂寞》，又名《狂恋大提琴》，还有《魔鬼小提琴家帕格尼尼》。后者我看了五分钟就感动流泪了，只是整体上的艺术深度并不如前者那么有层次，前者挖掘出了人性和情感的复杂程度。还有一部电影，我最近一定要看一下，那就是每次我都看不下去的《钢琴教师》。

看艺术片的过程也许不如看好莱坞大片儿爽，可得到的对人性的挖掘要深得多。好莱坞大片的立场过于黑白分明了，看了之后没有回味，如同吃了一次火锅，爽是爽，短期之内就不再想吃了。

实际上我也同样喜欢爱憎分明的题材，比如前一阵在诚品书店买到的《特战绿扁帽》，就让我看得上了瘾。这本自传式著作《特战绿扁帽：成为美军反恐部队指挥官的华裔小子》是由台湾商周出版社翻译出版的，出版时作者并没有曝光他的身份，仅以笔名“契斯特·黄”（Chester Wong）代替。书里的每一章都是不同的故事，其中《盲拳手的机会》最让我有感触，主人公因为在拳击课上被打晕住院而恍然发现自己是个胆小鬼从而失去了自信，然而“即使你不是天生的斗士，还是可以把自己训练成斗士，我绝不是个天生的斗士，但没有关系，透过艰苦的锻炼，我已经获得了类似的能力”。

家里多了花，看书都更安心了。有音乐、有咖啡、有葡萄酒、有香水、有我爱的书、有我的猫，还有我的诗，一切这么完美。这当然不是最高境界，最高境界必须得是李白的“朗笑明月，时眠落花”。这里的花，指桃花。

如果能一直住在酒店

称呼它为酒店、宾馆、旅馆都可以，如果能一辈子住在那里就好了。有精致的地毯，或干脆就是老的木地板，屋里一年四季有鲜花，有大的绿色植物，有露台，有按摩浴缸，有坚固的桌椅，有可以调节明暗的灯。什么都有，冬暖夏凉。有人每天来打扫，只有趁你不在的时候，他们才会来，你如果在，完全可以取消打扫服务。衣服脏了有人帮你拿去洗，鞋脏了有人帮你擦。有隔音，没有令人烦恼的可恶的邻居。对一个作家来说，还有什么比住在这样的地方更适于写作呢？我又没那么热爱下厨。

对了，我要带着我的三只猫，那么，最好住在一层。平时我看书或写作的时候，它们可以在院子里玩，不用担心讨厌的小孩子追跑打闹，不用担心饶舌的老太太说四邻八卦，不用担心停水断电，总之，这些都不用担心了。好吧，这简直就是我幸福的少年生活的成年版——我小时候住在军队大院，比起普通的居民楼，少了许多邻里之间的磕磕碰碰，因为军队大院实在是另外一个世界，一个少了许多人情味却多了很多安全感的世界。我在这样的环境长大，已经很难适应和讨厌的邻居打交道这样的事了。自从我搬出了家，无论我住在哪儿，楼上或楼下都会有一个讨厌的大妈。我睡觉晚，喜欢看电影听音乐，这样的大妈永远会敲暖气片，永远让我觉得生活太不美好了。

香奈儿住了三十多年丽兹酒店，我可以东住住西住住，住点便宜的。对生活来说，我也只是路过、住过。

去游泳

我最喜欢的游泳馆实际是一家宾馆附属的健身中心。游泳池在地下一层，平时那里人很少，因为周围都是军队大院和机关大院，平时他们都上班，街道上除了汽车，行人也不多。我就是喜欢这种平静缓慢的气氛。十几岁时，我喜欢都市的感觉，后来眼看着北京变得越来越陌生，新建筑层出不穷，我认识的那些在北京生活的人也变了不少。我越来越不习惯北京了。

平时，我只能宅在家才能避免堵车或者看到路上的行人。真的，每次从车里看到路边等公共汽车那些人的脸，我都有种闭上眼避免与他们接触的想法。那些脸写满了不甘、挫折、绝望，还有无奈。他们都有张麻木的脸。

我不能只待在家里不动，那有种坐牢的错觉。于是我还会出门，散步、游泳、购物，保持基本的社交生活。这种社交都发生在东城区或朝阳区，它逼迫着我出门，也逼迫着我了解现在进行时的北京。其实这种生活我已经过了许多年，其实自由职业者最大的优点就是养生吧，不然你出门看看，来一次早高峰晚高峰你就明白了。

电梯到了游泳馆所在的B1，我刚走出电梯门就愣住了，眼前像个大卖场般热闹，椅子上坐着几个大人，还有几个小孩正分别从男女两间更衣室鱼贯而出。原来这里办了个游泳班。服务员告诉我，从下午四点到晚上七点是新开的儿童游泳班时间。

既然来了，就游吧。更衣室的地上到处是黑色的水渍，一个体型发福的中年女士刚游完，正在换内衣。我赶紧把视线移开，盯着人看，也太没礼貌了。打开柜门，我脱下短裙，突然发现有双眼睛正盯着我，原来不知何时，中年女士旁多出一个小女孩，五六岁吧，依偎在妈妈怀里，正好奇地看着我呢。我与她对视了半秒钟，用的是善意的眼神。不知道在她的眼里，我是个什么样的阿姨呢？

上次游泳，还是在大海里。在我老家烟台下面的一个小城市。那天阳光不错，沙滩上有不少人，我带着表妹和她的朋友，寻了块人少的沙滩，不，是她们带我寻的。不然不住在老家的我怎么知道哪块沙滩人少呢？就算这样，人也算多的，他们大多数都在嬉笑打闹，我一个人游出好远。视野里只有大海和蓝天，这种感觉太好了。我游着游着，就看到了安全网。

离沙滩近的那些人们，他们在享受着阳光和海水，每个人都有家人或友人陪伴，打打闹闹，自在极了。我喜欢他们，但我永远不是他们。

我游泳时思维总是很跳跃，这也是我喜欢游泳的原因之一。

在雾霾的夜里，走路去家附近的游泳馆游泳，是我能获得好心情的唯一方式。

在接近零下的天气出门也是需要勇气的，已经接近晚上九点了，游泳池里还有五六个人，也许他们和我一样，需要用运动来摆脱负能量吧。

想起来上次来游泳，更衣室里有两个年轻的女人，她们比我先到一会儿，刚脱光了衣服准备换游泳衣。她们并不着急换衣服，而是在聊天。其中长头发的说："哎呀，我今天又吃多了，分分钟长胖的节奏啊……"另一个笑着说："那谁今天中午不还约你吃饭吗？"我不由得看了她一眼。她的身体胖瘦有致，饱满而年轻，她要是算胖那胖人真得自杀了。而她一抬手臂，一丛茂密的腋毛。如今大家都剃掉腋毛，就连腿毛也除得干干净净。除了有些保持个性的法国人，基本其他国家的城市女性都遵守着这种时尚潜规则，尤其是美国人。美国的超市里除毛产品林林总总，应有尽有。有段时间，麦当娜发了一张露腋毛的照片，还附了一句话："腋毛？谁在乎！"而这个女孩，气质一般，除了绝佳的身材，她与朋友聊天的口吻和举止，都反映出她是一个层次不太高的女人。无论如何她肯定不是为了反时尚而不刮腋毛。然而我觉得，不管她有没有想到腋毛的事，层次如何，她都是一个活色生香的女人。

南国少年

红豆生南国。南国就是多情的象征。从北京一到深圳，看到窗外的蓝天白云，我差点热泪盈眶——北方有霾，南方有情。

以前也断断续续来过几次南方，每次停留的时间都不长，除了某年夏天。等等，那是夏天还是冬天？不重要了，反正在广州的天气里永远是夏天。某年我在广州待了一个多月，这已经是我在南方停留时间最久的一次了。每次我都好吃好喝，与朋友们纵情欢乐，对南方的肥大翠绿的树木着迷，感慨11月、12月居然还有美丽的花树长满南方的街道，居然还有无数的水果任你选择，居然吃饭的时候有免费的龟苓膏。听起来很惨，但这就是在北京生活的后遗症。北京，这个有着光环的历史古城，北漂们梦寐以求的奇迹之城，已经逐渐发展成为不适合人类居住的城市啦。空气不好，冬夏长、春秋短，绿化少，没有河，堵车，饮食粗糙且不一定干净。在一个没有散步文化的城市里，浪漫不再是拖手散步在林荫道上，而是后现代的建筑，浮躁的文艺链及每个人都有十五分钟出名机会。

南方则如此水润，如此宜居。南方的服务员温和有礼，南方的男孩子和我吃饭喝咖啡的时候，知道照顾人，知道体贴。对比北方的汉子们的举止，这才是让我舒服的人际关系，不再是北方式的大男子主义式的大包大办但你必须听我的，而是有商有量随意体贴。也许因为陪伴我的依然是写诗的年轻人，逃脱了北方人重男轻女的封建桎梏，直接拥有了城市文明赐予他的轻松与灵动。当然也不是所有南方男生都如此，或许只是我认识的人如此罢了。

我想起我在柏林的美国大学分校里见到的那个男孩，在康德哲学课上，他坐在我旁边，机灵可爱并且具有分享精神。课后闲聊时他告诉我他来自深圳。也许正是由于开放的心态以及生活在沿海，人与成长环境是密不可分的。

从北方到南方，每每都让我有种新鲜感。而他们是如何看待我的呢？他们觉得我穿一身黑色很酷。很有意思，在北京我只算中等身材，在这里，我如此高昂，就像一座山。

4

阅后即焚

生命的源泉

感谢这本由诗人兄弟快递给我的书，俄裔美国作家安·兰德的长篇小说《源泉》。它让我度过了疯狂入迷阅读的整整两天。这本书太厚了，翻译成中文还要700页。好久没有这样畅快淋漓的阅读时光了，看到一半我便担心起把它读完后的空虚。现如今很难有一本书的结构完美无缺，语言流畅迷人，整本书如同一块完全的玉石，坚固、完整、精致，前言的第一段话便令我击掌称快。安·兰德实在是坦率、自信：“维克多·雨果的一句话最能表达我对于自己作品的态度，‘假如一个作家只是为他自己的时代而写作，那我就得折断我的笔，放弃写作喽’。”

这是安·兰德唯一一本我能够从头到尾一字不落读完的书。之前买过的《致新知识分子》《理性的声音》，都放在厕所里一目十行地看的，另一本长篇《阿特拉斯耸耸肩》实在太长了，当我拿起像砖头似的两本书时，差点倒吸一口冷气。要是都跟她似的写小说，作家完全可以被冠称为“劳模”了。据说当年出版她书的编辑要求删改小说，她冷冷地回答：“有人嫌《圣经》长吗？”而我拿起《阿特拉斯耸耸肩》发现有点看不下去，这不是她的问题，是我过于浮躁，如果有一天我需要力量，我想我会立刻拿起这本书。

《源泉》的主人公霍华德·洛克是个典型的个人英雄，是个理想主义者。有才华有性格有勇气，典型的美国梦中的人物。上天对他的考验可太多了，有些确实是他自找的，我相信（作者也让我们这样相信）任何一个坚持自我，坚持保护自己灵魂不被肮脏的事物所污染所收买的人都会遇到和他大同小异的考验。而他，没错，不怕流血牺牲不怕贫寒饿肚子也不怕舆论打击，活下来了，胜利了！据说美国有许多人正是看了这本书才立志当一位建筑师。我觉得他们也太高尚了，没看到洛克胜利得多么艰难吗？哦对了，他甚至没有在爱情上折腰。文中他的爱人多米尼克就是一个男版洛克，两个人完全是一个模子里刻出来的，只是洛克比她更……怎么说呢？更冷酷些罢了。书中的每个人物都刻画到位，绝对活生生，绝对有趣。就连景色描写，都十足能表现出作者的观察力和才华。

我推荐这本书给所有相信自己、想完成自我实现的人来看。这本书完全忠于作者“写小说就是为了给自己的哲学穿上外衣，而所有的情节，最终都是为了给主人公一次当众演讲的机会”的理念，却又像武侠小说一样通俗易懂。从这个角度来说它并不是一本好“小说”，它是一个寓言，一部神曲。不过它依然值得一读。

梦把你撒向远方

诗人兼出版人楚尘送了我一本德国诗人贝恩的诗选，他被称为继格奥尔格和里尔克之后德国最著名的诗人，而我这个写诗和读诗的人，却没有看过他的诗。在拥挤的一号线地铁，我有幸占了一小块地方，打开他的诗集。每首诗都令我惊喜，太多段落让我想记下来。比如在1925年他的《歌手》一诗中，就写道“没有人能理解，创造的意义：向着唯一的目标，忘记你我的分离”。比如1941年写的《独白》，里面每句都美得不像话，像一幅表现主义的画作，“梦中的渴望，闷死幻觉，砍伐孤独之树，以获取利益、首饰、提拔和悼词，但是末日即将来临，它像飞舞的蝴蝶和炸碎的石头，冷漠地提示另一种意义……”

我在地铁满是精疲力尽的人们中间读着这些诗，就像在沙漠里找到一小块绿洲。是啊，诗有什么用？你可以说它百无一用，也可以说它用处大大，可以治病，可以救命，可以带你飞，带你逃。一个人读了诗，爱上了诗，就不再仅仅是活着了，而是有了思想，有了灵魂。

“梦把你撒向远方”也是诗选里一首诗的题目。这个远方是相对的，甚至可以是心理上的距离。下午到楚尘的出版公司见他的时候，我带了几本自己的小说，其中有一本是某出版社为我做的再版版本，我本不想带来，因为纸质太粗糙，设计太粗陋，根本拿不出手，沦为出版快餐。果然，楚尘直言不讳地说如果是他见到这样的设计师，肯定不会同他说话。他要把每本书都做得精致，做得到位，不惜成本。《新陆诗丛·中国卷》里，我的诗集也在其中。当我看到样书的时候，简直快要感谢上帝。不，直接就感谢他吧。这本诗集从纸到封面设计再到内文排版，每一个细节都符合我对一本诗集的要求，甚至可以说是我出版作品以来被最用心对待的一本书了。要知道，不是所有的作者都能找到认真负责的出版者，这个比例相当的低。楚尘见到我对新诗集的惊喜，明白我对以前自己的出版品的沮丧，他劝我别怪别人，要做好自己。作家和诗人就是造梦的人，梦把你撒向远方，接下来就跟诗无关了，要好好想想，该如何在远方流浪呢？

说到这里，我想到一个在英国“流浪”的朋友，她的故事可以算得上是“洋插队”了。她陪她老公去英国，她老公上学，她在那里生活。结果现在她老公在北京生活，还住在灯红酒绿的三里屯一带，她倒只能留在英国了。因为她怕回国太无聊，因为好不容易出了国，因为……因为许多原因，这就让她很不快乐。一个人若是做自己喜欢的事，再艰苦也是快乐的。若过着自己不喜欢的生活，哪怕衣食无忧也没用。我实在是发现，我们这代人，意识仍然处在封建社会，处处为自己设限，除了独立的生存能力以外，又有多少人重视独立的思想呢？诗就是独立思想的体现，读诗吧。

看杂书

大脑一片空白，都是因为这两天废寝忘食地读了几本武侠小说。武侠小说这样的书，就像侦探小说一样，都不能在忙的时候看，都得一口气读完。否则就会大大地影响日常生活的节奏。说起来，最好看的书就是武侠小说，尤其是古龙的。但他的我全都看过了，金庸我一直嫌他写得啰唆，哪怕电视上常演他的小说改编的电视剧，我也从不看一眼。

偏偏到了这一天，我无闲书好读，只有一堆政治历史类的书需要读，这时我的性子就上来了，偏偏要读几本闲书再说。到我弟的书架上一看，有几本金庸的书。每集都听过大名，于是取了四册《笑傲江湖》。没想到一看就上瘾，幸好他写得啰唆，有些地方一目十行，但就这样，也用了三天才看完。看完长呼一口气，还是过瘾的。

最幸福的时候就是看到一些与自己心境相符合的文字。最爽的是读诗，最最爽的就是读一整本诗集。比如当年我读伊沙的诗集，就是一口气读完。伊沙称朱剑是“短诗之王”，我收到他的诗集《陀螺》，也是一口气读完，读得那叫一个痛快淋漓。每首诗都好看，一本诗集读下来更是享受。其中有些诗我已经在网上或者别的地方读到过，书名叫《陀螺》，与书同名的这首诗我也在“长安诗歌节”上听朱剑本人读过。《陀螺》居然是朱剑的第一本诗集，怪不得伊沙在前言里第一句就欢呼：朱剑终于出诗集了！

像我们这些写诗的人，如果无法在正式出版社出版诗集，就会像许多同仁一样印小报，自费印诗歌杂志，自费印自己的诗集，然后再互通有无，免费送给同样写诗的朋友。我原来就印过三期《80后诗选》。民间的诗刊更是多得不得了，光我看过的就有不下二十种。我相信诗歌在民间，在网上，在那些印刷粗糙的小册子里。在那里，也许藏着几个天才。可惜啊，天才尽管是终身制的，但不好好珍惜，才华仍然会消失或者转移到别的地方。伊沙在这篇给朱剑诗集的前言里说：“你要真是个天才，必然会衍生出一种可怕的专注。”他的意思是，集中精力在那些真正有意义的事情上，而不是被各种琐事消磨掉了才华和斗志。

现在许多写小说的人都在编杂志，当然不是自费印刷的，是可以在报摊或者书店买到的。我曾买过几本研究，发现不同的人编的杂志都带着他们自己本身的喜好特点。这当然是自然的，每个主编还是按照自己的审美和气质来选择稿件。我也编了一本，叫《缪斯超市》，一半是诗歌，一半是小说。说真的放一半诗进去并不容易，诗歌不挣钱，市场接受率太有限了。而诗歌是最高的文字形式，一首好诗完全相当于一部好的电影，信息量太大了，必须要在我编的杂志里放上诗，不放就完全体现不出来我的喜好。朋友看了说，这本杂志就像我写的小说一样，粗糙、直接、态度鲜明，我把这当作一种赞扬。

读书笔记

我床边一般都扔着十几本到二十本不等的书，用来睡前阅读用，有些是为了催眠，有些是正好相反。我看书口味很杂，乱七八糟什么都有，有网络军事小说（就是印得很糙，文风也是），国外的硬汉小说，有纯文学小说，有厉害的诗集，还有几本生活类的书，在我崩溃的时候安抚自己用的。

我自己现在几乎也开始讨厌纸质产品了，除了不环保，出门旅行也不方便携带，更何况不是所有书都值得保留，我不再是一个爱书如命的人，有用的信息记在脑子里，喜欢的句子做摘抄，别的书看完就扔，或者送人。值得保留的没有太多。除了睡前喜欢翻书的习惯改不了。

不喜欢苏姗·桑塔格的小说，她的评论比小说要好，出于对名人隐私和生活细节的好奇，我买了一本她的日记与笔记，看起来挺像微博的。分行分得很散，这也正是我喜欢这本书的原因，看起来不累，毕竟不是小说。里面写到她很早以前其实就是个同性恋，她爱女人，在那个年代同性恋不被理解，18岁时她匆忙嫁给了她的老师……怪不得她对婚姻持非常悲观和负面的态度呢，书里有一条逗死我了："在我金婚纪念日，让我的曾孙子辈来见我'曾祖母，您有过感觉吗?''有过。是我年轻时得过的一种病，但我扛过来了。'"

我很喜欢看清单，比如书单啊、生活用品单啊、最近要看的十部电影单……苏姗喜欢列清单，我喜欢看别的作家或学者列清单，看自己的品位是否有与之重合之处，就算没有也可以对别人的口味有一个清楚的了解。

而有些书我总是喜欢一看再看的，比如《华氏451》。除了故事我喜欢，有诗意有思想，我还喜欢看它的后记和跋，这才是这本书更重要的指示所在。作者说："这本小说依然忠实于原著，我不同意篡改年轻作家的作品，尤其是这位年轻作家就是曾经的自己。"我也是这么做的，再版时除了一些必要的删除（必须由法院下令），我不会对情节有任何改动。我曾经用了几个月的时间认真修改过一遍《2条命——世界上狂野的少年们》，然而再版时我依然给编辑寄去了曾经的版本，说就按这原来的版本来吧。这本书的跋里更进一步，提出了一个非常重要，重要到让许多作家都忽略了的原则：不能因为任何人而修改自己的作品。

对啊，如果写不出来像《华氏451》这么牛的前言、后记或者跋，就不要狗尾续貂了。《烟树》的翻译在译后记里抱怨说作者不愿意给中国读者写个前言："我们对他说，作为原作者，对读者特别是异国读者谈谈自己已被译成另一种文字的书，这于人于己都有好处。但是，除了热情回答问题外，他终究没有给予配合。"哈哈，逗死我了，为什么非要给中文版写个前言呢？为了讨好读者还是解释本书？有什么好解释的？所以说不写是最好的决定。

蓝色是不是一种温暖的颜色

2013年我最期待的一部电影名为《阿黛尔的生活》，改编自法国女漫画家的一部漫画《蓝色是种温暖的颜色》。从看到那张电影海报上的蓝头发女孩开始，我就渴望看到它，那蓝，蓝得那么触目惊心，带着对主流不屑一顾的美感。这部电影于2013年10月在法国公映，我没有机会去看，一直拖到2013年快结束了，我才看到它。

三个小时的电影，犹如一部青春成长的纪录片。从一见惊情、互相试探到感情结束走入茫茫人海，三个小时定格了一段像烟火般灿烂的爱情。开放性的结局，让人感叹“这就是生活”。这不是一部深刻的电影，但用来打发时间，足矣。蓝头发的女孩Emma太美了，这不仅仅是外表的美，还有她的学识，她对自我的认同。阿黛尔更像我们生活中能接近的人，比如有时候的我们自己。不完美、懵懂无知、随波逐流、被抛弃、被放弃，最后泪流满面，无可挽回。

阿黛尔在Emma家吃饭的那场戏，真让我感慨。所谓生活方式，意味着很多东西，吃什么？喝什么？聊什么？在意什么？统统代表了这个人的喜好和所受到的教育，也不是说出身就百分百重要，你可以与家庭决裂嘛。问题还没有结束，更深层次的不和谐出自她们文化修养的不同。

可怜的阿黛尔不知道席勒，她说她现在写的文字也就只有日记，没有打算深入下去当一名作家。可是Emma的朋友们都自由不羁，在聚会上，有个女孩问阿黛尔是做什么的，阿黛尔说她是老师，引起一阵沉默。问她这个问题的女孩儿说她自己学的是艺术史和哲学，看得我揪心。我不是学历至上的人，学艺术史和哲学也会出蠢材，两个艺术家也会就艺术观点而争吵或者决裂，可阿黛尔确实对这些一无所知，吵都吵不起来。阿黛尔会做饭，可Emma不需要。她们在讨论快乐的不同形式，阿黛尔插进来问你们需要干酪吗？有个网友问我，你会喜欢上“干酪”吗？我说No, thank you。

阿黛尔是很美，但没文化就不行，至少没法和一个有文化的人在一起。当然，这是法国。如果在中国，我想可能问题没有这么大。在中国大家会用“爱”模糊一切，其实为何爱也是需要探讨的。安·兰德就在她的书里写过：“在你说出‘我爱你’时，要首先明白‘我’是谁。”

看完这部电影，我有点颓。阿黛尔在咖啡馆哭她那无法挽回的、估计这辈子最记忆深刻的一场爱情（以后的估计达不到这种绚烂程度），我陪着哭了一会儿，想到自己曾经也仿佛有过这种只能仰望的爱情，以及被它打击得毫无自信的时刻。这电影够压抑。阿黛尔真是太本能了，完全没有任何追求。她不懂Emma，懂不了，也无法分担。她过于单纯，无法融入，她体会不了Emma的精神世界，她无法分担Emma的苦。Emma早就明白了这些吧，真是教也教不会啊。阿黛尔有那么多机会可以成长，她放弃了，任由她和Emma之间的距离越来越大。

她们之间的距离，就是精神世界的距离。是她们对自身定位的不同导致了她们之间无法真正交流。把她们中的任何一个人换成男人也不会有任何区别。这部电影拍的是两个女孩的爱情，但并没有局限在同性恋里，它拍的甚至也不仅仅是爱情故事，它拍的是一段光阴。这当然是个悲剧，幸好是和平年代的。更极端的例子是曾在苏联引起过极大争议、被鲁迅盛赞过的苏联小说《第四十一个》。神枪手、喜欢写诗的红军女战士爱上了被俘虏的蓝眼睛的白匪军官，最后他死在了她的枪下，成为她击毙的第四十一个敌人……

高更选择大溪地女郎，被毛姆视为响应内心的呼唤和对资本主义社会社交圈的抛弃，意味着理想打败现实，这才写成脍炙人口的《月亮和六便士》，而21世纪电影里的先锋女画家Emma却没法和不懂席勒的小学教师在一起。这是原始本能被视为无知的年代，这是资本融合的时代，没有茹毛饮血的原始灵感可供与之爱恋与生活，即使有，也必然会在生活中败下阵来。这是通识教育的年代，所谓通识教育，不再是传统天才只要发挥自己的才华，身边自有人照顾的年代了。现在的天才都变成了精英，不需要找一个保姆当爱人，他们讲究的是强强联合，他们认可的爱情不是残联不是托儿所更不是救济院。你必须要有拿得出手的才能与之相配，你必须经受得住情绪的考验，否则，还是和与你同一档次的人在一起吧。

所有的爱情开始都是轻松而美好的，之后就开始沉重和复杂。那蓝发少女犹如一道阳光划破芸芸众寂寞少女的阴霾世界，多年之后，也就只有这蓝色值得被记住。在爱情尚未经历痛苦以前，我们再多看一眼这蓝色，再多停留一秒好不好？无论它是冷色调还是暖色调，它都是爱情的颜色。

一路嚎叫的文学青年老甜甜

这个题目包含了两个内容，一是出现了肖睿的第二本书的名字；二是写出了他的昵称，尽管身边的朋友习惯叫他肖老师，可他还是管自己叫“老甜甜”。事实上，这个家伙活到现在，有相当长的一段时间都非常苦闷，直到考上大学，才修炼成“老甜甜”。

到目前为止，这位出生于1984年，之前生活在内蒙古的年轻作家肖睿已经出过三本书,《校园检讨书》《一路嚎叫》和《我考》。据他自己说,《一路嚎叫》是一部半自传性小说。由于天生比较散漫，学校比较压抑，然后就离家出走了。回来以后他的状态特别不好，为了帮助自己走出阴影而开始写小说。《校园检讨书》

是《一路嚎叫》的一个铺垫，紧接着第二本书也写得很顺其自然。他说其实当时心情特别简单，就是想放松一下自己。而高考落榜后，他心情一度非常压抑，幸好第二年如愿以偿考上了北京电影学院，也就有了《我考》这本书。

从上面的一小段介绍文字中能看出来，他并不是一个循规蹈矩的传统意义上的“好学生”。他关注的那种向内、深刻的人生体验也并不是每个人都能够理解的。曾经教过他的老师甚至在他的“百度吧”里发言，担心他的心理问题。因为认识他的几位老师和同学在看完他的作品后心情复杂，感觉“他在书里把周围的好朋友和关心他的老师全都侮辱了一番”。而据作者说，《校园检讨书》是一个虚构的东西，但是里面的很多故事都是身边发生的，他就想办法写得更加荒诞一些，就是把真事说假了。《一路嚎叫》是一个半自传的作品，他说不希望掩饰自己。

认识肖睿后，我发现这个看上去胖乎乎的老是皱着眉头的男孩总是在思考一些荒诞不经的事，就像他小说里给主人公起的名字“不倒霉”和“WHY”一样。不倒霉特别倒霉，而WHY有很多问题就是说不清为什么。他们一次次徘徊在生活的边缘。这样的文字与其说是真实不如说是真诚。就像所有能够感动别人的青春小说一样，作者自己必须先被感动。他必须要面对成人世界的游戏规则，在一次次的出走中，付出成长的代价，体会成长的意义。他书里的男孩总是无法忍受，总在出走，总是寻找理想，最后理想是注定要破灭的。作者借主人公不倒霉来说明了一个简单却让很多人迷惑的道理：所谓的艺术，后面也隐藏着虚伪与丑陋。

在像牢笼一样的复读中，他常常会去我的一个朋友的论坛“食肉堂”溜达，说那里的诗歌都特有意思云云。后来两个人就开始通信，还是用鸿雁传书的那种，直到肖睿考上了大学，两个心灵知交见了面，成了好朋友。就是这个女孩介绍我认识了肖睿，我们一见如故。可以想象，我们喜欢的东西都一样，不喜欢的东西也一样。

他有一件小趣事，某次他在北京图书大厦签售时，刚进行了五分钟就被迫结束。原因是他和一位同样是摇滚乐爱好者的女读者由于观念问题吵了起来，这次签售就这样结束了。

肖睿说，年底可能会出本新书，名字暂定为《火和雷》，讲的是一帮小混混打架的故事。我们都喜欢那部《牯岭街少年杀人事件》，他觉得可以写一个担惊受怕、热血澎湃、无所事事、跳跃着的、非主流的青春。就像他向来很矛盾一样，他想写的另外一部书是个关于马戏团的小说，至于他能写成什么样，我们谁都不知道。

他欣赏亨利·米勒的一句话：作家首先要学会像蝼蚁一样生存，要学会像雄鹰一样观察世界。我把这句话也送给他，祝他热情洋溢，并永不回头。

圆点女王

早就听说过圆点女王草间弥生的大名，她现在老了，被人称为“怪婆婆”。很久前在澳门的书店买过一本她的自传《无限的网》，繁体字竖排版，一直懒得看。最近北京天天下雨，逼得我在家里待着，于是翻出了这本书，哪知一看起来就放不下，用了一个晚上时间，终于把它看完了。

这本书吸引人之处在于它充分描写了一个艺术家的自我成长之路。最有共鸣的是她二十八岁时终于得以去美国发展，之前那些年她唯一的愿望就是离开日本，因为日本没办法让她成长为一个艺术家。总是在吵架的父母、反对她画画的母亲、封闭保守的氛围中，哪一项都让她感觉窒息，她说当时的日本完全没有能够让艺术家成长的环境。

刚到纽约时，她经常吃不饱穿不暖，有时候整整两天都吃不到东西。她全身心地沉浸在艺术中，从早画到晚。“除了画画以外，我没有任何办法对抗饥饿和寒冷，只能逼自己更努力工作。”在这种境遇下，她原来就不太稳定的精神开始出了问题，常常自己叫救护车去医院，最后连医生都熟悉她了。这是一种要努力提升自己的心灵高度，接近于灵魂之光的精神，也是所有艺术家都该具有的品德。她在美国经历的嬉皮时代也很有意思，她从画家变成了环境雕刻家，在绘画、雕刻、装置、乍现等方面都取得了一定的成功。然而日本对她冷淡依旧。她在纽约时还碰到日本人砸她工作室的玻璃骂她丢人，甚至父母也写信来说生活在周边的人都因她感到尴尬。正因为她在艺术上的领先，让性压抑的日本人无法接受，因而被视为异端。

1975年她回到日本，本打算短期治疗身体，哪知身体状况不允许，就在日本又住了下来。她在医院对面建了自己的工作室，每天奔波在医院和工作室之间。她仍然无法习惯日本，觉得这里的每个人都毫无个性，只有她老家松本让她感觉放松。

在这本自传里她诚实而直接地批评了日本，不止说日本现在毫无个性，还批评日本缺乏现代文化和思想。这种诚实，不知道要得罪多少人。而她毫无顾忌，完全本着艺术家诚实的原则写了这本书。

在看这本书的过程中，我数度被她的激情和诚实所打动。她写日本的男尊女卑毫无改变，劝女性“与其被世人的眼光或者是古老的道德束缚，坐以待毙嫁人，女生不如拎个行李箱，要饭也好，露宿也行，用自己喜欢的方式过活。就像我这样”。这段话，我真要抄下来，给我的一些朋友看看，为了过自己想过的生活，是要付出一些牺牲的。然而在目前的中国，有多少人想过自己喜欢的生活，又有多少人知道何种生活是自己所喜欢的？这又是一个严峻的问题。

我为了向她致敬，穿上了一条满是红色圆点的打底裤拍了一张读这本书的照片。封面也是红色圆点，正是草间弥生的代表作之一。

幻影满院

快递送来一本还没上市的书，是个法国90后小孩儿写的，叫《你好，无聊》。当然这名字会让人一下子就想到萨冈的《你好，忧愁》，实际上小说的原名比这文艺多了，取自赛尔日·甘斯布的一首歌《酒精》。没翻几页，就发现这个叫萨莎·斯佩林的作者文字水平明显在萨冈之上。写的是14岁的事儿，吸毒、谈恋爱（同性恋异性恋都有，但真爱是位同性），不好好上学，与父亲关系紧张（他父母的关系很“法国”，曾经是三角恋状态）。整本书很法国，几乎是浪漫的文笔。语言很美，淡淡的讽刺和倦怠，毫无沉重的说教。看完这本书，我几乎有点羡慕作者了。把别人看起来石破天惊的事用云淡风轻的态度写出来，这不是酷是什么？萨冈那代人还是忧愁，到了90后这里，就全是无聊了。

这本书的作者是个诗人，小说里有不少诗歌，放在里面并不突兀。不知道他是怎么做到的，也许是因为整个小说都是诗般的语言。他不刻薄，也不沾沾自喜，并不自恋，非常诚实。但这跟朴素又无关系。可以说是客观吧，是什么样就是什么样。试问，这有几个写作人能做到？连我自己也做不到。有才的人那么多，有几个人能做到不被才所惑呢？

小说的编辑，曾经翻译过《三十七度二》的胥弋说，这位作者在法国也算是叛逆的，他也同样喜欢《三十七度二》的作者，师承美国垮掉派，鄙视新小说，像罗伯特·格里耶什么的。

小说里还对上海有过一段描写，不知道作者是否来过上海。在这段对上海的描写里，最后两个字是“没用”。有趣的是，胥戈曾出于护短的心理将上海改为东京，但又改回来了。

一般法国的现代派小说在我看来结构都算散的，萨莎·斯佩林喜欢美国作家及美国文化，倒是让我看得毫不费劲——大量的乐队名、大量的歌曲名及一部分电影名，都是我也无比熟悉的。小八卦一枚：作者的妈妈是执导了轰动一时的电影《萨冈》的导演。

实际上，看完整本小说，尤其是最后一章，我倒是觉得行文手法像是俄罗斯作家的范儿了，比如屠格涅夫的《初恋》。都有种悲剧气息，都是单恋，那种年轻人初次爱上某个人所产生的种种迷惑及快乐，或许只能是初恋的感受了。这本书乍一看是本残酷青春小说，实际上还是一本主旨写爱情的小说。整本书实际上是回忆一个夏天。不知道这本书在中国的读者是否会很多，我明白，能欣赏它的人，或许没那么多。

这堂课

用了一个礼拜的时间，终于把这本叫作《这堂课——爱过的人，教我的事》的书读完。放下书的时候，却忍不住大大叹了口气。

从来都是这样，看一个人的传记，尤其是自传，从小写到老的那种，很容易将读者带入到这个人的内心世界及当年的生活环境中去，如果不是这样，这书便不算写得到位。然而这一本，从小时候的调皮、直率的聪明女生的童年，到牛津求学时的疯狂经历，再到在《阁楼》等杂志社及报社工作，最后讲到从丈夫生病引出对婚姻生活的思考，实在让我有种看着作者从极爽的生活慢慢步入沉闷和无奈的感觉。

这本书的前半部分写得嘎巴脆，常常能把我逗笑。她的笔法让我想到一个白羊座的朋友，那朋友不怎么写小说，基本写诗。她们的语言风格很类似，直截了当，还特别幽默。比如作者说她爸爸：“他最大的恐惧永远是‘软弱被动’，而那指的似乎就是任何形式的乐趣。”

第二章的名字叫《成长教育》，就是那部同名电影所讲的故事。一个被父母都期盼着上牛津大学的16岁女儿遇到一个花花公子。那个人是个骗子，但又独具魅力。对她不错，带她开眼界，甚至向她求婚。那个年代呢，女人要么上大学，要么结婚，基本上不能兼得。父母居然赞同她嫁人，还说什么既然有人娶，又何必上牛津呢。结果，事情出乎所有人的意料，这个男人居然已经结婚了，还有两个孩子。于是一通忙乱，女孩重新参加了考试，如愿考上了牛津。但这段罗曼史给她一辈子都带来了某种心灵阴影，用一句作者自己的话总结吧，那就是：“我深信，人是无法了解他人的。”如存在主义所说“他人即地狱”。

在大学的日子写得极其直接。我认为一个人有勇气向所有人剖白自己是种珍贵的品质。这是种难得的诚实，她不在意暴露自己的内心，不是所有人都能做到这点。然而对于作家或者艺术家来说，这点是必要的。我作为读者，也有幸了解到六十年代牛津大学学生们的生活侧面。也是由于那个骗子男朋友，她意识到自己完全不懂人性，于是她把大部分精力都用在研究男人上。“我尽可能和男人约会，愈多愈好。我把他们当作新物种来进行谨慎的研究。”那时候她有了真正意义上的一个男朋友，当他们分手之后，失恋的她开始“狂野地大肆和男人发生关系”。

不要急着义愤填膺，她已经成长成了一个知识分子，不再是当年虽然聪明但对人情世故一无所知的少女。也不要认为这就是堕落没有好结果，我宁可把这看成是一种社会学现象。于是，她与同样是知识分子的男朋友结婚，并且维持了三十年，直到他去世。她写专栏、采访，拿过五次英国媒体奖，成为英国最传奇的女记者。少女时期碰到花花公子的这堂课结束了吗？也许并没有，正如她所说的“我深信，人是无法了解他人的”，但这就是真实人生，挫折和阴影有时候会促进人思考，让人前行。

一切关乎生命力

和大部分读者一样，我会同时读十本书，哪一本儿更适合当下的心态，就一口气读完。更多的时候是用几天到几个月时间分散着读完，一般来说，主要集中在纯文学、时政和随笔上，可能是受小时候生活环境影响，我还爱看军事小说。碎片时代，精力难以集中，除非是文笔流畅故事性强的作品才会让人有一口气读完的欲望，比如伊迪丝·华顿的书。

伊迪丝出生于美国上流社会，所以她的作品大多是描写上流社会的婚恋题材。看过她的几本书，每本书的主人公都追求着身心合一的爱情，然而每本都是个悲剧。尤其是《伊坦·弗洛美》，作者自己说了，这是本反高潮的作品。此书灰暗的调子让人看完后半天缓不过来，与两个人相遇所迸发出的火花相比，他们相遇后的悲惨遭遇更让人难以接受。伊迪丝的作品不给人答案，也不像陀思妥耶夫斯基作品里的宗教救赎，或许正是因为她来自上流社会，而上流社会是不屑于大声呼救的，这些爱情和内心自由的追求往往淹没在日复一日的枯燥然而悠闲的日常生活中。爱情被世俗打败，这是小说的一大永恒主题，而写爱情之火被阶级扑灭，这才是伊迪丝写作的拿手好戏。

看完《纯真年代》，我感觉到的是无限的惆怅；看完《欢乐之家》，我打了一个哆嗦；看完《伊坦·弗洛美》，我简直要愤怒了。伊迪丝的小说里的坏人，也往往有自己的理由，他们集体对纯真的爱情犯了罪，而这些罪人中，也包括追求爱情的男女主人公自己。他们是懦夫，他们冲破不了阶级，他们冲破不了金钱，更冲破不了自己的性格局限。从这个意义上来讲，他们还不如林黛玉勇敢。那是个女权主义还未出现的年代，不妨说他们都被当时的男女不平等所害。

如果说他们从未感受过两颗心灵的碰撞，倒也罢了，然而他们都有幸体会过这种无上的幸福，却无法借此持续下去。从这个意义上来说，他们都是他们社会里的非主流，都被遮蔽了，他们才是被侮辱和被损害的人。

搞笑的是，再版的《欢乐之家》对此书的宣传语是“美国版黄金剩女心灵史”，倒也没错，就是粗俗至极。上流社会的苦我们不知道，然而至情至性的心灵是多么容易被强大的主流价值观所粉碎，也许我们都有所体会。生命不容等待也不容忍耐，能做到“当自己”需要勇敢，能拥有勇敢的心，也需要勇敢的冲破樊篱的理论支持和生命力啊。

说到生命力，李白的诗就洋溢着无比明朗浩瀚的生命力。用今天的话说，他是自拍型诗人，随时抒发自己的心情，与天地又是那么和谐，两不冲突。“朗笑明月，时眠落花。”这是多么潇洒的境界！李白那么中国，明月和桃花，就是中国的写照。李白的影子，也就只能在古龙小说里寻着些许了。

5

听上去就很遥远

在正确的地方

可能我在选人方面总是看错人看走眼，这点能从我以前写的推特里面证明，我在原来的推特里写过“瞎了我的狗眼，我又看错人了”……但我永远都能选择正确的地方。是的，这也是一种能力，一种关于审美的能力。

*Where is my mind*里唱：“我曾经在加勒比海里游泳……”我用这首歌当作我婚礼的出场曲，因为喜欢《格斗俱乐部》这部电影。这首歌也是这部电影的片尾曲，两个人拉着手，眼看着大楼开始爆炸，随后，他们所在的那座也开始倒塌。有些令人毛骨悚然的温情，摧枯拉朽的爱情，让我每次看都恨不得热泪盈眶的激情。

傍晚时，我们在加勒比的大海里游泳，天上的云那么美，三面是海一面是绿色的山，我被温柔的海水包围着，感受着阳光和微风，我肯定是在笑着，这就是梦想实现时的笑容吧。这是我的蜜月，接下来我们还会有一个半月的欧洲之行，包括我青春期讨厌现在又重新喜欢上的巴黎、一直都很喜欢的柏林和我从来没有去过的布鲁塞尔及阿姆斯特丹。这么长的一段可以清空负面感受、重新拥抱美和文化的时间。我还为自己安排了去德国湖边裸泳，还想再次去帐篷区露营，想重新去那些我曾经去过却没好好感受过的博物馆。

我要去许多咖啡馆，我要走遍那些大街小巷，我还要去小电影院看艺术片，即使看不懂也没有关系。我不懂法语，这并不妨碍我去看法国电影。我相信我能明白那些剧情，那些情绪和电影语言。

在正确的地方，要做正确的事。在法属加勒比某海岛，我要一杯一杯喝朗姆酒，这里盛产朗姆酒。我要每天都写诗，我要充分体验生活，汲取不同文化带给我的活力，我还要把那几本带来的书看完，包括契诃夫的短篇小说集、三岛由纪夫的《爱的饥渴》、约瑟夫·海勒的《第二十二条军规》和普鲁斯特的《追忆逝水年华·在斯万家那边》……对于长时间的旅行，一个爱看书的人身边一定要有自己喜欢的书，这是幸福的保证，重要程度不亚于防晒霜。

在岛上

一座岛就像一座监狱，四周都是大海，无边的海浪让人忧伤，情不自禁想逃跑。住在岛上恰如住在一座监狱，或豪华或简朴，总会生出逃跑的念头。

从网上看到诗人乌青出了本小说集，叫《逃跑家》，只看到名字就勾起我好奇的念头。等回到北京，肯定要买一本，看一看一个逃跑家的故事。

而那时我还正在土耳其的岛上，耳边听闻的是各种虫鸣和宾馆楼下不知哪些人发出的笑声，偶尔有汽车驶过的声音。白天干燥炙热，夜晚清凉舒爽。自从来到这里，每天都是晴天，比起风雨交加的爱丁堡简直像另一个世界。我们住的岛属于爱琴海岛屿，人烟稀少，有不少部队营地。据说以前整座岛都驻扎着军队，十年前刚刚对游客开放。

我们住的是某个在山坡上用石头建成的宾馆，与周边环境和附近的小旅社比起来，它的确算得上是豪华了。这有点令我反胃，它太舒服，太人工雕琢，房间也过于现代化了，没什么人情味儿，也看不出来什么特色。楼下有个很小的游泳池，像个洗手池。唯一的优点就是吃的东西做得特别好，我去镇上的饭馆吃过几次，味道都不如自己住的这家宾馆。主人特别热情，常常跟顾客聊天。服务员们简直无可挑剔，即使他们的英语并不好。

坐在镇上的咖啡馆外面的椅子上，看到有德国和布鲁塞尔车牌的车开过。也是来此旅游的游客。

水果异常鲜美，甘甜可口。我最喜欢吃的是大个的黑莓，还有一点也不酸的甜杏。

有天傍晚，我们漫步走向山顶，去寻找奥斯曼帝国曾留下的城堡遗迹，突然看到一片大海。海对面的岛，应该属于希腊。那时月亮已从山后升起，一面是大海，一面是即将满月的圆月，一面土耳其国旗猎猎吹响，有些荒凉，然而不远处就有几个帐篷搭建的咖啡馆，因而生活与自然的关系并非那么二元对立。

在这个岛上的生活太度假了，又来到一个跟我们老家差不多的地方，就是人没那么多。自然景致是种很荒芜的美，导致我时常失语，大脑也常一片空白，只好望着山发呆。远离各种人际关系，远离都市（其实还是挺想的），远离报纸杂志书刊（旅游书上早说了要带书和杂志，这里很难买到），每天醒了就到楼下游泳池先来几圈，然后晒太阳喝咖啡，然后再来两圈。傍晚就到这里唯一的镇上喝杯茶买点水果，爬山或下海，揽镜自照，我自己都觉得年轻了不少。

半夜我坐在三楼房间的小阳台上，抽着烟，耳边是虫鸣。看着月光下不远处的那些山脉，过去的一切都似乎离我远去。过去的不必再纠缠和留恋，而与此同时，过去的一切又常浮现在我面前，就像从来没忘记般清晰。或许这是某种困局：一座岛令居住的游客们清醒，同时又变得无比懒惰。

猫国

下午，按着*Lonely Planet*的介绍，去找伊斯坦布尔的某家时尚服装店，爬了半天山坡，被烈日晒得又渴又累的我终于一屁股坐在了我看到的第一家咖啡馆门口，真不想起来了。虽说当时已经是下午五点半了，但阳光依然炙热，而那家店介绍里说晚上七点就关门——那我也不想起来。

看着咖啡馆里摆放着的咖啡粉，我终于放心大胆地点了一杯拿铁。这可是我来伊斯坦布尔后喝的第一杯拿铁。前几天在岛上的时候我一直点黑咖啡加一杯奶，自己混，至少知道里面是怎么个构成。来到伊斯坦布尔后也不敢点，因为小饭馆里基本上都只有土耳其咖啡，就是那种很浓的、带咖啡渣的咖啡。服务员还会问一下甜度，是少甜还是中甜，有回我以为他是问我是小杯还是中杯，于是说中杯，结果上来一杯“中甜”，一喝，甜死了，真是把我喝伤了。

刚坐下没多久，就有一只黄白相间的小猫凑了过来。它盯着我的腿，作跃跃欲试状，于是我拍了拍自己的肚子，意思是上来吧。它腿一蹬，没上来。又一蹬，还没上来。我干脆自己把它拎上来了。它坐在我肚子上，开始舔我的裙子。可能是示好，也可能是饿了。很快，我的裙子都被它舔湿了一大块。这让我想到我家Caesar小时候也特别喜欢趴在我肚子上睡觉，有时候它会舔我胳膊，但从来不舔我衣服。它就这么趴着，我用手摸它的脑袋，摸它的毛。附近也有一只胖猫走了过来，一看就吃得比较好。我揪了点苹果派给这些小猫，它们完全不为所动。

后来我还是走了，临走之前我去咖啡馆的洗手间换了条裙子。小猫不让我走，趴在我换掉的裙子上又开始舔。我简直是带着负罪感走的，好在我知道这里的猫都很安全，而且，很多。

另外，那家服装店已经改了地址，这是后来上网查出来的，而且营业时间也延长至晚九点。这让我想到一笑话：我原来去南非还是哪儿的时候，按图索骥找饭馆，结果当地人跟我说这里面（指*Lonely Planet*）介绍的五家饭馆起码有两家已经搬家了。

在伊斯坦布尔这几天，看到无数只猫，许多猫都有人喂，咖啡馆的老板啊，或者是饭馆的老板，旅馆的老板，等等。清真寺也有许多猫，基本都无忧无虑，憨态可掬。给我留下很深印象的还有一只在蓝色清真寺旁边活动的酷似“希特勒”的黑白混合猫，半个下巴是黑色的。给它拍了张它正在吃猫粮的照片，结果放大一看，整个下巴变成了血红色，不知道原来就是这颜色还是打架受伤了。配上它正在吃东西时的凶猛的眼神，还真是有点吓人。

我们的小旅馆楼下有只长得像Caesar的猫，行话叫“黑猫警长”，倒是惹人怜爱。我坐在路边跟它玩了一会儿就喜欢上了它。第二天第三天都没有看到它，心里还挺惦记。第四天的时候，终于看到了它，当时我都快哭了。赶紧买了一包喂猫的香肠，它却又溜走了。于是我只好把香肠扔在它溜走的铁门内，其他几只猫则闻着香味儿跑来了。

伦敦二三笔

一、吃

来伦敦之前就在杂志上看到过这里吃的很贵，“吃掉Burberry”，意思是一趟旅行下来吃饭的钱简直跟买一件Burberry风衣的价格差不多。我以前觉得他们有点大惊小怪了，但现在看来，这完全是实事求是。普通的饭馆前菜就相当于人民币四五十，一道主菜都相当于一百多，吃顿好的确实挺花钱。幸好来英国后的第一个星期，几乎都在农村，吃得不错也有人请客，自己没有体会到钱包大出血的感觉。

一到了伦敦，我突然开始想吃中餐，西餐虽然好，但哪有中餐那种层次丰富的口感。我想起那家需要排队很久但是味道很好的重庆小饭馆的那道麻辣虾，还有担担面，我连楼下包子铺的包子都开始怀念……必须要吃中餐了。于是大半夜坐公共汽车冲到唐人街，随便找了一家还开着门的饭馆，一落座，迫不及待地看起菜单。怎么，我最想吃的麻婆豆腐卖9.5镑？相当于95块人民币？这……这价格……好吧，我忍了，不吃了。烤鸭相当于200块钱，这也不能点。那就要碗带馄饨的汤面吧。上菜之后发现这是速冻馄饨，唉，没办法，将就吃吧，好歹是中餐啊。

我的胃比我的心更快地回到了中国。这要是原来十七八的年纪，肯定吃嘛嘛香，那时候我就觉得汉堡包好吃，比家里的饭香。现在觉得什么也没家里的饭好吃。

二、酒

周末，街上一丛丛一簇簇走着的年轻人，伦敦简直比北京还要拥挤，人口密度还要高。他们中间有许多已经是醉眼蒙眬。他们边走边闹，有些跳上公共汽车后还兀自笑闹。车厢里的人除了抛个白眼也没更多的表示，看来早已见怪不怪。还有些喝多了的女人在路边冲过路的人脱衣露乳，好像也是酒后疯狂一把的传统之一。这里的人太爱喝酒，或许是过于压抑的天性只能在酒后释放，或许是不擅社交需要酒精来润滑一下话题，总之这是个需要酒精的城市，没喝酒之前跟喝了以后表现出的是两种截然不同的状态。

三、参观故居

7月23号正好是英国女歌手艾米·怀恩豪斯去世一周年纪念日，我正好在那天决定去她的故居看看。她曾经居住过的住所外，狗仔队架了几个三脚架，还有一个歌迷用收音机一直放她的音乐，树上还钉着不少鲜花和歌迷留言。不远处坐着几个酒鬼，看到有人来就大喊“让她一个人待着！”“滚蛋”之类的话。我在她的住所前默默站了一会儿，想象着她曾经在这所房子里出入，然而伊人已逝，这里已经再也没有什么未来可言，据说房子也已转手卖人。生命是脆弱的，然而她还是死得太早。不管是她对生命感到厌倦的主动赴死，还是一场被动的意外，她都不应该在如此年轻的时候死掉。她的音乐才华并未完全发挥，这样的死亡也许是场与生活的失败斗争，结局令人唏嘘。

环岛小旅行

一、台北：本来是愤青

终于来到文艺青年必去之地：24小时开放的诚品书店敦南店。进去的时候我终于看到有人穿马丁靴了，这可是我第一次在台湾看到有人穿马丁靴，果然出现在该出现的地方。

无数次从别人的文章里看过诚品的名字，许多次想象自己有一天也站在里面，当终于真的亲自来到诚品的时候，我毫无激动之情。等待的时间够久，久到我已经学会了淡定。已经去过许多个地方了，少了那种最初的新鲜感。正如西门町让我想起首尔的明洞，台北的街道也时不常地让我想起澳门，甚至是上海的某些区域。台北市政府的节约环保政策，使得路灯都比较昏暗，建筑物也不随便装饰照明，朋友开车说有时候都看不清路牌。这种比较昏黄的灯光有些像北京的胡同。像北京、上海、广州等国内大城市的灯光都打得毫无节制，甚至桥下、河边都打上彩色的灯管，有些楼层整夜都亮着灯，里面却空无一人，不知道这又会浪费多少资源？除了让人有种安全感及都市感，或许也应该学习台北的节能环保？

回来接着说诚品书店。在迅速浏览了一番我感兴趣的书之后，我锁定了其中几本，一本是《本来是愤青》，书封介绍是“是什么让一个台湾年轻医生，千里迢迢跑到秘鲁的贫民区办学校？又是什么样的坚持，面对利用志工赚钱的黑心组织，他不惜‘砍掉重练’，也要捍卫理念？”我喜欢看这类题材，一个人的一生有许多可能，年轻的时候出国当义工在台湾、香港应该是深入人心的选择吧。这点大陆的年轻人就需要加强心怀世界的理念，培养一种要帮助他人帮助弱小的观点，这可能也是成为国际型人才必不可少的一部分。

还有一本书是《我是马拉拉》，是诺贝尔和平奖最年轻的得主马拉拉的传记。“当巴基斯坦反政府游击组织塔利班控制了史瓦特这个小村庄时，一个女孩挺身而出。马拉拉·优萨福·扎伊拒绝沉默，并为她受教育的权利而奋战。”

同样吸引了我眼球的是《特战绿扁帽：成为美军反恐指挥官的华裔小子》。很厚的一本，同样是精彩的、很难被其他人复制的人生。我喜欢看这种与众不同人生的故事，这种书讲述的人生都是平凡人能达到的最高境界，这样的人生充分发挥出了生命的精彩！

当然，还有许多本书都让我想拿起来翻阅。你知道，台湾书又贵又沉，尤其是作为旅客，我可不想行李超重。而且台湾的书的定价比大陆书要贵很多，随便买几本就要花上一笔钱了，而我平时挣的是大陆的版税，都快要穷成狗了……书店里有不少人就坐在地上，比如台阶上啊，或者随便歪在书架之间，只要不打扰别人就好。每个人手里都捧着书，看了让我好感动。于是我也找了个地方，把书包放在地上，脱下厚重的外套，舒服地伸直腿，认真看起其中一本书……

在台北逗留三天两夜后，我终于决定要暂时离开这座城市，去垦丁散散心。这次的台湾行是纯旅行，没有任何目的，没有任何要完成的工作。在这纯旅行的过程里，我发现自己其实是一个很有依赖心的人，尤其在异国他乡，没人陪真不行，没人陪就发慌，面对陌生的环境会有恐惧心理，很难尽情享受那种一个人去探险去发现的自由。风景对我来说不重要，重要的是与有趣的人交流。

台北完全不像大都市，在这里我常常感觉我的气质太都市了，北京的节奏比台北要快得多，当然也要浮躁得多……台北的许多小街巷都有种历史的破败感。儒家教育里的仁义礼智信，曾成为过日据地，又因为地方小，节约能源，台北就变成现在这座非常适合生活，然而却看上去不够美的城市。它唯一的败笔是建筑。好像是舒国治说过吧，台北对外来游客来说，不是一座容易逛的城市。它有许多有趣的东西都在犄角旮旯，在信息爆炸的时代，想在陌生的城市提炼出必须要逛的几个地方，还是不容易的。我在纽约的布鲁克林区和伊斯坦布尔都遇到过这个问题，按照旅行书上推荐的小店找过去，结果却很失望。又浪费时间，又浪费体力。这也是没有办法的事，失望总是会发生的，我安慰自己，在寻找的过程里也许会看到别的惊喜。

起床退房，外面又是阴沉沉的天。这就是亚热带季风气候，即使头天晚上月朗星稀，第二天依然有可能阴云密布。在酒店大堂存了行李，去旁边的711便利店换了些现金，交了在网站上预订的去垦丁高铁票的票钱。台湾在日常生活上真的很便民。从网上预订票也方便，在711打印出票也很方便。本想在711凑合吃点东西，结果昨天没约上的一个北京的朋友发微信来，说“来吃饭”，他和三个人正在吃饭，说让我来喝一杯再坐火车。一看地址，离火车站也不远，正好这几天我也闲得够呛，立刻决定了打车去找他们，喝了两杯啤酒后，我告别离开。台北的出租车司机都很不错，性格好，永远不忘记说“谢谢”“再见”，愿意和你聊天，下车时还会提醒你别忘了带行李。于是我顺利且愉快地到了火车站。

坐在高铁上，看着窗外的风景，突如其来的自由感涌遍全身。没有任何负累，想走就走，喜欢哪就去哪，感受新鲜的冲击和活力，这是日常生活所做不到的啊。像在欧美和亚洲一些发达国家及地区的孩子，都会在十八岁甚至更早背包去旅行，或去留学，或去贫困的地区做义工，以培养世界观和帮助他人的观念、独立出行的生活能力以及对不同文化的包容力、对美的鉴赏力、面对困难时的拼搏能力和面对不同选择的判断力。台湾云门舞集创建的“流浪者计划”里写道：“能够实现流浪梦想，是幸福的；能够帮助别人梦想起飞，也是幸福的。恳请大家一起来做推动梦想起飞的羽翼，让台湾的年轻人、台湾的文化创作者，有机会经由流浪丰富自己，扩大视野，进而丰富这个社会，为台湾注入源源活泉。”

到了左营站，朋友约的司机来接我，他叫Boss，一路上给我讲解路边不同种类的树木，这一片是艳紫荆，那一片是黄金雨，还指给我看地上的农作物。如果不是他说，我都不知道凤梨是长在地里而不是树上。在路边，他请我吃包子和当地特产水果“莲雾”，南部人果然比较热情实在接地气。

到了垦丁就一切爽起来了，首先是宜人的天气和海边的美景，天上的云彩绚烂多姿。从桃园移居过来喜欢冲浪的哥们后梁，带我来到路边的一家酒吧，我喝了一杯特别棒的莫吉托。他介绍说酒里放的甘蔗都是店主父母种的，薄荷也是他自己种的，整杯酒费时费力，一喝果然味道十足，是我喝过最好喝的莫吉托！他说他刚从四川、云南和尼泊尔背包旅行回来，历时两个月，还走到了珠峰大本营。

我在想我要不要下回也当一个真正的背包客呢？这次还是拎行李箱的，下次就真的背登山包住青旅（台湾没有真正的国际青旅），错过了十八岁出门旅行，不要再等到三十八了。在旅行的过程中再次激发出下一次旅行的决心，这是不是也是旅行的意义呢？

二、垦丁：背包客的故事

曾经我是一个讨厌背包旅行的人，我特好逸恶劳、好吃懒做，出国或者去外地基本就是住标准间，去咖啡馆，见见当地朋友，吃吃当地饭馆就已经心满意足了。别人提起西藏行，我都毫无兴趣，不明白为什么去了趟西藏就洗涤了灵魂找到了自我。更别提什么尼泊尔了，那不是苦旅吗？我又不是一个吃得了苦的主儿。

结果我这个观念到了台湾居然被破了。首先我的朋友保尔就喜欢背包旅行，我没去过的地方他都去过，什么地方偏他去哪里。他介绍我去垦丁，开冲浪学校的两兄弟后梁和后成都去过四川、云南和尼泊尔，背包游，历时两个月。他们说他们在雪山下默默流泪，爱上了雪山和壮阔的风光，并为香格里拉的大火忧虑不已。在背包游的途中他们住着国际青旅，回台湾后就惦记着开一家像大陆那样的比较有特色的青旅，因为台湾没有真正意义上的青旅，据说是因为地方比较小的缘故。听着他们讲着旅行途中的见闻，看着他们还正在开工的“彩虹冲浪”青旅，我不禁也动了要背包旅行的心。三大俗嘛：丽江开客栈、城里开咖啡馆、骑车去西藏，我现在终于理解了。

双胞胎中的哥哥后梁第一天陪我，在他的推荐下我住了一家垦丁街上比较有特色的旅馆。其中有一间超豪华房间，带大浴缸，可惜一个人住实在是太浪费了，既浪费了金钱也浪费了情调，这是适合和情人来住的房间。我选择了另外一间很大的双人床房间，小阳台正对着大街，一天大概人民币四百元。要知道台湾住宿都不便宜，同等条件下要比大陆贵至少30%。好在现在是垦丁的旅行淡季，否则这个价格真的没法住到这种条件的房间。

第二天，双胞胎兄弟的弟弟后成陪我逛，他对垦丁一带的景点都熟，平时除了当冲浪教练也做导游。

在垦丁的海边，听着太平洋的风，看着湛蓝的大海，我想起我曾在青岛的海边游玩过，也曾漫步过美国西海岸的海边，这都属同一片太平洋。只是我们又是那么不同，我们的生活环境，我们受的教育，我们身边的朋友……我又一次想起《本来是愤青》这本书。

旅行的意义，就是与各种不同类型的人相遇，在互相交流中碰撞出火花和灵感，顺便思考自己的人生，也对未来能有个新的打算和规划。如果不是这样随行随走，怎么能遇到这么多背包客，听到这么多故事呢。

后成跟我讲为什么岛上的年轻人在反核，台湾已经有三座核电站，现在在建第四座，岛内人民恐惧核泄漏，尤其在2011年日本因受海啸和强震的双重打击而深陷核泄漏危机后。反核团体认为，台湾同样处于活跃地震带，4座核电厂附近都有断层，若台湾遇到超过7级的强震，核电站恐难逃一劫（出处：中国台湾网《台湾陷入拥核反核两难困境》），而核废料也没处扔。

说真的，这事儿我真的是来到台湾以后才开始思考的，之前真的没想过。看到这一路都有人在反核，我首先就很茫然，为什么要反核？为什么他们有这么大的热情来反核？该怎么解决这个问题呢？想到《私人订制》结尾处向大自然道歉的段落，我的心情有些沉重。中国这么大也经不起这样摧残。

晚上，“彩虹冲浪”青旅来了一个新面孔，他身旁放着一个登山包，是澳门85后，他在台湾上学，来垦丁玩。和他们一样，他也是个背包族。晚上我们一起去吃饭，他们带我去了一家信基督教的阿姨开的餐厅。这里的特色是吃完后顾客随便付钱，多少都无所谓。你觉得值多少就给多少好了。

澳门85后一路分享着他的旅行经历，我给他取名为“性本善”，因为他一直在说所有的人都是好人……

从饭馆回来后，我们聚在地板已经铺好的大厅里聊天、喝酒。为了让我体验一下台湾蓝领工人特色，后梁跑出去买了两种味道不同的槟榔还有保力达，说干苦力的工人经常边吃槟榔边喝保力达。

音箱里放着宋冬野的歌，“爱上一匹野马，可我的家里没有草原……”第一次听这首歌，居然是在垦丁！他们都很喜欢宋冬野，说听他的歌以为是个四十多岁的老男人，嗓音很成熟，没想到真人这么年轻！我给他们放国内的乐队和音乐人的作品，脑浊、Joyside、Rustic、吴极，当然还有崔健。

又聊起淘宝。后梁说他在淘宝买东西，对方说现在寄不到台湾，还说“兄弟，等中国统一的时候我送你一个”。

“真的假的？”

“真的啊，他就是这么说的啊。”

下一站该去哪？按原计划返回台北然后坐飞机回北京，还是接着探索？在垦丁度过了两天美好的时光，接上了地气儿，我决定不按照原计划回台北了。既来了台湾，不如顺便去一下台东，听说那里是台湾的后花园。第一个晚上在桃园时，一个陌生人跟我说“我看你像台东来的耶”，确实也让我好奇为什么他会这么说。没去过台东，怎么能说去过台湾！说干就干，我上网取消了在台北预订的旅馆（赔了第一天的房费），去711便利店取消了回台北的车票（特方便，柜台扣除手续费后直接退还了现金）。

依依不舍地告别了两兄弟和“性本善”，还有笑起来特甜的“二二”，我坐小巴来到枋寮火车站。这里明显就穷了一些，本土化了一些。买了一张无座车票，在门口抽了支烟，然后觉得应该吃点东西，就拎着包，看到一家店里面坐着两个女中学生，觉得应该是当地人会吃的那种馆子。老阿姨正在门口忙碌，我点了猪脚饭和花枝丸汤。刚要掏钱，她说不用急，吃完出来再付就好。猪脚饭不错，加上辣椒味道更好。汤淡而无味，好在有青菜，为补充维生素也强迫自己吃了。在饭馆里被蚊子咬了几个包，这下在台北超市里买到的清凉油终于用上了。

一路无座，我蜷缩在车厢的入口处，这种感觉很棒啊，一路摇摇晃晃，坐到了台东。好久没坐无座绿皮火车了，没想到在台湾居然又感受到了这种缓慢古老的情调。列车员还跟我聊天，问我从哪里来的，我说北京。他说“好呀好呀，希望你在台湾玩得好”。

三、台东："精神病院"

后成介绍我住到一家还未正式营业的客栈，改装自原来铁路工人的宿舍，取名为"台东老宿舍"。店主和他是朋友，也是最早的本地居民。她骑摩托车带我认识了周围地形，不远处就是台东铁花村和诚品书店的台东店，还介绍我去一家名为"天马咖啡厅"的咖啡店。我点了一杯"小红莓"拿铁，真是我喝过的最好喝的咖啡了。主人说他曾在北京待过，我说北京没有什么能做出好咖啡的咖啡店，他说是啊。

我一个人独享一家客栈，白天很爽，无人打扰，想看书看书，想抽烟抽烟。晚上躺下就发现问题来了，台东的风大得让人睡不着，老房子隔音又差。刚睡着没多久，居然发现房子开始摇晃，我被摇醒了，有几秒钟我怀疑地震了，想穿衣服冲出去又觉得冷。早晨迷迷糊糊中听到外面不时传来轰鸣，醒来一问，原来是轰炸机演习的声音。而且我没怀疑错，昨晚确实地震了。第二晚我差点吓尿了，窗外风声呼啸，四周又黑成一片。一个人住在只有一个人的旅店，瘆得慌。

出来玩，不能没有人交流。幸好保尔又介绍我去另外一家旅社，位于都兰糖厂旁边的“好的窝”。老板说她正好在台东市内，晚上可以来接我。

在等待的时间内，我决定去按摩。这两天没睡好，醒来后腰酸背痛，我必须要犒劳自己一下。正好这两天逛街时发现马路对面小巷子里有一家“Aveda”美容美发厅可以按摩。我买过这个牌子的护发产品，知道它还不错。一看价格表，70分钟的精油按摩大概人民币四五百，有些贵，但管不了这么多了，再不放松一下我要死了。按摩小姐带我上了二楼，给我时间让我淋浴，所有产品都是Aveda的，味道很不错。待我换上浴袍，她让我趴下，闻了三种味道的精油，让我从中选出喜欢的那种。我选择了一种，她说怪不得，你正好需要啊，这是薰衣草精油。当时我真的累晕了，完全没闻出来什么跟什么，只是凭本能感觉选择了这一种。她一边按摩一边很亲切地跟我说：“我看你真是太累了，虽然你的工作让你可以自由地出来玩，但这么紧绷这么有压力也很不值得啊，你应该学会放松噢……”我当时眼泪都快下来了，是啊，我真的要学会放松。这十多年时间，这么累是为了谁？主要是心理上的压力太大了啊，再这样下去不等成功就要被黑暗的负能量吞噬了。

那段按摩的时光真是天堂，她的手法温柔又有力道，屋里温度适宜，再加上她说话轻声细语，太享受了，我差一点就要睡着了。

还没按完，“好的窝”老板Homi就已经到了。于是我只好恋恋不舍地穿好衣服，回味无穷地离开了美容院。幸好我没浪费时间，原来车上不止老板一个人，还有两个老人家和另外一个中年人，Homi介绍说这两个老人家是诗人，今天她老公，也就是坐在我旁边的音乐人达卡闹请来录音的。我连忙道歉。达卡闹一听说我来自北京，说话立刻带上了儿话音，可惜每一句都是错的，我哭笑不得，没好意思指出来。

“好的窝”走出去五分钟就能看到大海。这是家很文艺的店，我在北京写乐评的朋友郭小寒曾经住过这里。一到这里我就感觉气氛对了，都是文艺老中青，围着炉火吃着烤玉米抽着烟喝着威士忌，聊着各种文化、社会加八卦话题，心立马打开了。

Homi说，都兰被称为“精神病疗养院”，来这里的都是三失人员：失业、失心、失恋。艺术家比狗多。

而几天后，我将离开这里，回台北，再去桃园坐飞机回北京。这真是一趟环岛的纯旅行，随性至极。最大的收获，莫过于通过台湾青年的讲述，我再次爱上了我国的大好河山。下回真的要背起背包，开始我的背包客生涯了！

在“好的窝”住了两天，头一天晚饭是在店里吃的，这里每天从下午开始，就有当地的艺术家们陆续过来打卡聊天，每个人都特别逗。第二晚，“好的窝”的管家和我一起共进了一顿晚餐。我们走出村头小路，边走边聊天。他是台大中文系毕业的，来到都兰已经六年了，我问他在这里会不会无聊，想不想台北。他坚决回答说“不想！不想！”

我们选了家普通小店，点了肉臊饭和山药排骨汤。店老板居然是昆虫学博士，墙上挂着他在各地捕捉到的昆虫标本。都兰，果然藏龙卧虎。

晚上他放电影，让我选片，我选了《低俗小说》。

在都兰的第三天晚上，我又换到另外一家客栈，名为“小客栈”。也是还没有正式营业的，这里是日式设计，几间小平房加前后的院子，朴素又别具匠心，每个小细节都能看出店主的才能。比如她把普通的扫帚拆开，打造成灯饰，把大通铺边上加了一条荧光条，这样住客就不会半夜起床上厕所的时候摔到地上，她还在院子里种菜。当我问她该如何给她住宿费的时候，她说让我把钱放到冰箱内的铁盒子里，真是别具一格啊。

她同时还是位美女，长得像舒淇，原来在台北做广告业，也当过平面模特，后来受不了台北了，就移居到都兰生活。据她说，在这里过得犹如天堂。我又是这里这个晚上唯一的客人，这次我不再害怕了，胆量都是锻炼出来的。这家客栈就在路边，进出也相当方便。

她带我看小客栈的设施，说整个厨房都归我随意使用。锅碗瓢盆咖啡机，什么都有。半夜我开始饿起来，跑去厨房，打开冰箱，大眼瞪小眼，果断决定去711。

夜里，烤着篝火，看着星空与月亮，一个人独享这么美好的时光。

而我离开的那天，阳光灿烂。

我和Homi一起坐飞机，飞到了台北，开始了我在台北的有趣经历，有关于城市生活的那一部分。

四、重返台北：蓝色茉莉

去过了垦丁和台东，我随台东认识的小客栈老板Homi一起飞回了台北。我们这次住在她推荐的一家破破烂烂但是可以抽烟的酒店，这次我感觉爽极了，不再像住在商务酒店那样百般不适。

刚把行李放好，她就带我去夜市吃好吃的。如果不是她带我，我根本不知道怎么找到这里。一整条街都很平民百姓，到处是小摊子，有卖吃的的，有卖服装的，应有尽有，种类繁多，物美价廉。台北的优点就在这些街头小吃上，台北是便民的，无论几点，饿了想吃一碗面或者想吃点甜品都能轻而易举解决。

晚上，我还无意中参加了一场婚礼，是个北京女孩和台湾男孩的婚礼。婚礼是在一家酒吧举行的，当我终于找到那里，看到舞台上有乐队正在演出，我觉得这婚礼简直太酷了。

在聚会上，朋友帮我引见了一位台湾左派大哥。我说："你好！今天刚在报纸上看到我国开建第二艘航母了耶！"没人说话，四周有点冷。我说："我没说错话吧？"大家纷纷表示："没有、没有！跟他说这个就对了！"于是气氛又热烈起来，大家接着喝起了酒。

婚礼后，我和胡德夫的儿子一起去便利店买烟。他买了烟立刻就拿出一张纸把烟上面的警告图案贴上。日后在柏林我看到烟盒上都印着令人触目惊心的图案时总想起他，总想把这些图案拿纸贴上。

车离开山路，在高速路上疾驶，我和保尔分别取了根烟，我给正在开车的他点上火儿。刚才我们还在山上"美丽的精神病患"家里喝酒聊天听音乐，现在我们要开回桃园县，明天下午我得坐飞机回北京。

“美丽的精神病患”住在山上，他自言讨厌城市，想离大自然近一些。也许他受梭罗影响吧，主张回到自然淳朴的天真状态里去。他家里有一种我从来没喝过的酒，透明无色，名“龙眼花”，是他的房东送给他的。喝起来有种独特的香味，一小口一小口抿，味道迷人，像古代隐士喜欢喝的酒。这种酒喝快了味道很冲，香味太浓，让人头疼。

我在台湾停留的最后一个夜晚，我、保尔、躁郁姐和美国弟坐在“美丽的精神病患”家里聊天喝酒。躁郁姐是保尔给她起的名字，我虽是第一次在台湾见到她，其实早就耳闻过她的大名。她曾在上海与玩噪音的Junky组过乐队，与曾经在舞台上演出时疯狂暴躁的形象不同，她现在一头长发，信基督，同时还是个室内设计师。

我们一起去台北市内看了伍迪·艾伦的新片《蓝色茉莉》，那是部悲剧，就像导演的其他电影一样，看完后胸口有种让人说不出的闷气。这不是那种好人有好报坏人遭天谴的电影，也不像文艺片能自说自话自成体系，它完全让人郁闷，因为不管从哪头儿看都很悲剧，电影里没有一个幸福的人，任何一种生活方式看起来都可疑，都不具备良好的可持续性。

从艺术角度讲，躁郁姐不是一个典型的台湾女孩，她的直爽和艺术气质不够适合温暾的台湾；从生活方式和待人接物上讲，她又具有典型台湾女孩的优点，独立、礼貌，会体贴女生而不是男孩。

说起来，“美丽的精神病患”在我整个台湾之旅中真是很重要的一个角色，我是怎么认识他的呢？来到台湾的第一晚，保尔带我去吃饭，他的合伙人听保尔说我是个作家和诗人，还出版过几本书，喃喃自语说有些人也一直在写，却始终没有机会出版呢。过了一会儿他让我们到大堂接着吃饭，说介绍我们认识一个人。那人就是后来被我称为“美丽的精神病患”的家伙。他长发披肩，带一副黑框眼镜，穿着棉麻质的长衫，一股错乱精神病艺术家的仙气，就像刚从哪座山上修炼下来的。没聊两句，音乐人就用兰花指指着我说，我看你像台东来的呀！又顿一顿：你长得像当地人！

我很茫然，不知道他是什么意思。那时候我感冒了，刚坐完飞机更难受了，完全是衣冠不整蓬头垢面，就连思维都有点不清爽，在这种状态下其实我不想见陌生人的，然而总要吃饭吧？所以这种偶遇真的不是事先安排的，而是……命运的安排吧。

保尔说，他说你像当地人是夸你呀，在台湾被夸像当地人是因为你长得好看，大家觉得当地人轮廓长得比较立体，性格也好，喜欢唱歌跳舞。

中间我点烟，发现台湾大部分地方也都室内禁烟了，刚开始我其实没注意到这点。

饭后不久，我们又分别来到保尔开的“拾年咖啡馆”。这里太文艺了，由老厂房改造而成，书架上全是我的书，还有我刚给他带来的《春树的诗》。大家传阅着，有人说够厚的啊。我有点不好意思说，“是挺厚的，这是十年精选……”看着看着，有人笑起来，有些欲言又止，我估计是看到自慰、手淫或做爱之类的词了。

这家伙又说起我像台东来的艺术家，他说都兰那里聚集着许多艺术家，我应该去看看。我心里有些向往又感觉有些山高路远，保尔只有两天陪我的时间，剩下的地方就需要我自己去了，我行吗？到了有接待的人吗？会不会不安全啊？

大家都笑，说台湾治安很好，一个人旅行绝不会不安全。这个家伙又指着我说："你不要担心被人强奸啦，你只要不强奸男人就好了！"

"简直是精神病啊。"我嘟囔着。

"美丽的精神病！"他补充道。

"精神病患！"保尔又补充道。

于是，他被正式命名为"美丽的精神病患"。保尔给我拿来"美丽的精神病患"的唱片，名为"阿格歌"，原来他叫阿格。

保尔的合伙人好奇地问我：像你这样的人多吗？

我说不多，就我一个。

但喜欢文艺的很多，到处都是。

两个礼拜，一路环岛走下来，我果然来到"美丽的精神病患”推荐的台东。在垦丁的酒吧，有一个刚表演完的乐手看着我说“你长得好像我们家亲戚啊”，果然我爱上了台东，果然这里是适合我的乌托邦式的乐园。

再次见到保尔，我简直像见到了亲人。坐着他开着的车，我们一路聊天，聊到《太平洋的风》，来台湾后至少有三个朋友给我推荐这首歌。这是被媒体誉为“民歌之父”的胡德夫的作品，被广为传唱，几年前民进党参选人蔡英文的团队找了一位年轻调香师给她调了一款专属香水，就叫“太平洋的风”。据说它的前段是海洋风味道，中段是玫瑰草、桂花、橙花，后段是龙涎香、岩兰草的土地的味道……

而几十年前胡德夫还唱过的另一首歌《少年中国》，因为被认定为太像当时大陆的统战歌曲而被台湾当局定为禁曲。现在大家都提“太平洋的风”了，去台湾以后回来写博客都用“太平洋的风”，没人记得“少年中国”了。

我对保尔说，我喜欢台湾，但我无法认可来台湾两个星期就说这里是最好的华人社会。这里的确很好，但如果全中国都和台湾一样，每个省份都相似，只有共性没有个性，这简直是最坏的社会而不是最好的。你能想象每个省都一样吗？上海和成都一样？武汉和重庆一样？

台湾保持着儒家文化，同时受日本殖民式统治影响，再加上当地人本来的风俗，这是一个非常有礼貌的社会，服务业发达，服务态度一流。然而与此我发现岛上的大部分年轻人缺乏活力和进取精神。我问过一个从台北来到台东生活的85后男孩都去过哪里旅行。他说“环岛啊”，也就是说环绕台湾岛旅行过。但这不算是真正意义上的旅行啊，地方太小了。

保尔说“对”，台湾的大部分年轻人都故步自封，完全是井底之蛙，对这个世界缺乏了解的好奇心，可能是太安逸了吧。他说他从大陆回到台湾生活，很长一段时间都感到很压抑。那种压抑我懂，生活平静如水嘛，没有激情，没有矛盾，也就没有什么出色的摇滚乐。

保尔送我到了机场，我和他依依惜别。如果有机会，我肯定还会再来一趟台北。这个城市需要慢下来体会，我还渴望真的找到杨德昌电影里的感觉。下次我还想去趟台南，这次时间太赶，没来得及去。

巴黎或者法国

突然又开始迷恋巴黎，或者说是迷恋法国。那种慵懒又迷人的气质，漫不经心的艺术氛围，热爱生活、热爱色彩、热爱细节、热爱享受的法国式生活……

法国女孩向来与众不同，在打扮上，她们最讨厌的可能就是从众和庸俗。刚看了《碟中碟4》，里面性感的女杀手太让我惊艳，我目不转睛地看着她，这个女孩一看就是个法国女孩。也许是因为她的化妆？没有浓妆艳抹，甚至没有刻意修去稍显浮肿的眼袋，仅仅是画了条眼线，涂了些睫毛膏。也许是因为她的眼神？灵敏、机巧、有一丝傲慢，绝不试图讨好或媚俗。法国女孩就是这样，如同一朵懒洋洋的睡莲，美丽又淡然，就像藏了一个谜语。不要研究法国式的美，要研究你自己的特点和个性，这才是法国式的秘密。

法国人讨厌极端，法国女人讨厌功利和社会阶层。法国人保护个人生活，又对八卦艳情抱有宽容态度，法国女人不像别的国家的女人那样在乎年龄，在乎大牌时装，归根结底，她们的生活态度就很艺术：顺其自然，关注美，珍视美。美是多么重要啊，美就是一切！

曾经讨厌巴黎，我写过一首诗叫《巴黎春天》，里面恶狠狠地奚落了巴黎“巴黎待在阴沟里，我喜欢纽约”。更年轻的时候当然喜欢纽约这只大苹果，巴黎落伍了，不再是世界艺术的首都，像蒙了一层尘的美人，自顾自的美和落寞。曾在巴黎短暂待过几天，穿白色紧身小吊带和牛仔裤，逛卢浮宫，去公园，在路边喝咖啡，夜晚去了埃菲尔铁塔，当整点铁塔开始亮灯时，像是一阵抽搐，简直像个行为艺术。现在想来，这是一种形式感，一种很有趣的形式感。有个细节我至今难忘，在去现代艺术博物馆时，除了牛仔裤，上身只穿了一件蓝色的Kenzo肚兜，后背只系着一条丝带，除此之外全部裸露。并没有任何人指指点点，没有人用语言或眼神打扰我，在这里，穿任何时装都可以。

我开始喜欢上法国情调和巴黎。十五岁的时候看过的法国哲学类和文学类的书又重新捡起，还有那些法国新浪潮电影、法国香颂，甚至法国女孩的家居类装扮，都让我入迷。纽约更先锋，伦敦更前卫，但只有巴黎，更注重平衡，更不疾不徐，姿态从容，流露出一种爱谁谁，我就是我，你爱喜欢不喜欢的精髓。换句话说，这叫“自由”。十八岁的时候迷恋英国朋克式的紧身打扮，只求引人注目，二十岁的时候喜欢纽约式的混搭和意大利式的裸露的性感，现在开始喜欢法国时尚中的天然魅力：舒适与简单。时尚是种意识的反映，你的思想是什么样，你就穿成什么样。

我心中的时尚之王是伊夫·圣洛朗，他曾说过：我讨厌资产阶级的女子，讨厌她们的倔强和精神。她们总在某个地方别着首饰并且头发梳得油亮。他的夏娃是“那些不会受任何事情困扰的女性”。换句话说，她们不再是猎物，而是猎人。

我仍喜欢纽约，但巴黎在我心中重新清晰起来，像一轮明月，遥远但存在。

任性的诗人在巴黎

圣罗兰店，我真的没敢进去，从门口看了一下就算朝圣了。都说巴黎的店员高傲，这真的是真的，就别进圣罗兰受那些又高又瘦，脸画着精致妆容举止优雅又矜持的店员刺激了。更何况，换设计师后的圣罗兰，尽管走地下摇滚风，但价格是实打实的一线品牌价儿。

跟国内，或者说跟北京待一年，都没有我在巴黎待一礼拜能体会到的美更多。巴黎色香味俱全，唯一的缺点就是贵。别人说巴黎高傲，我说我也高傲。别人说巴黎女人任性，我说诗人最任性。

重返花神咖啡馆。这里是我每次去巴黎必去的一站。算是个打卡点儿吧。Café de Flore，依然游人如织。

任性的我这次去法国有三大爱好：逛墓地、听音乐会、购物。高科技宅男弟（以下简称高科弟）都快被我搞疯了。他不喜欢墓地，音乐会勉强，购物就更勉为其难了。他说他活在未来，看他的宿舍就知道，一切都是按照IT男的爱好弄的，能高科技的都高科技起来，睡觉的时候一堆插座闪着灯，像是要进行星际旅行。

他过着无纸化生活，只有两本纸书，一本是《叫魂》，一本是《达摩流浪者》。我给他带来第三本，一本诗集，伊沙编的《新世纪诗典2》。我无纸书没法活，他活在未来，我活在过去。我喜欢的艺术文学，都是从历史中来，就拿音乐来说，我都更喜欢朋克和古典，而不是电子乐。电子乐是未来，朋克是当下，古典必然是过去。

说到古典乐和欧洲，这中间有条线，在我不知不觉间，某天我惊讶地发现我开始喜欢欧洲了，也许在此之前，我喜欢上了古典音乐和艺术。之前我讨厌欧洲的腐朽气息，更热爱标榜个人主义的美国新大陆。

上海音乐学院指挥学院的朋友说，我觉得去法国得听音乐会啊，去欧洲必须听音乐啊。不会像国内的演出贵得要死。

上网查到巴黎玛得莲教堂音乐会的巴赫大提琴无伴奏组曲，西岱岛的圣礼拜堂还有维瓦尔蒂的《四季》。最终决定听后者，正好在春天去听听四季的《春》。坐在教堂里听音乐，感觉很不一样。大堂里密密麻麻地坐满了听众，大部分都是游客，可能都和我想得一样，想在欧洲听一下音乐。小提琴手是个英俊的中年男人，克制且有范儿，看他的表演真是一大享受，如果不是前面那个秃头的中年胖男人总是挡住我视线的话，我就更满意了。这里的座位安排很巴黎，完全没有舒适度，能放下几张椅子就放几张椅子，在美国肯定不会这样。然而这就是巴黎，习惯了就好。

后来我们又去听过一场肖邦的钢琴曲。这也是由于没钱，享受一下穷人的、音乐爱好者的生活吧，在巴黎有大量的与我一样的人，规规矩矩地坐在教堂里，认认真真地听演奏。

中途我们有一趟短途旅行，我与高科弟去了圣米歇尔山和诺曼底的美军公墓。

回巴黎后，在我的苦苦相求下，我们又用了整整一个下午和晚上去了一趟位于圣热纳维耶的俄罗斯公墓，去探访塔可夫斯基。以前看《伊万的童年》时我并不知道，那家取名为“雕刻时光”的咖啡馆是为了向导演塔可夫斯基致敬。哈，在网络并不发达的过去，许多信息是碎片式的，连不上的。当都连上的时候，我就觉得有必要亲自过去看一下了。我有个在圣彼得堡学过电影的朋友，从去年就开始让我去一趟塔可夫斯基的墓，非说替他看。去年我找错了公墓，直到今年，这件事实在不好再拖了，才痛下决心去一次。

当文艺青年成本太高了，富文艺青年可以坐私家车去墓园，穷文艺青年只好在时间上花成本，于是坐A路、B路、C路火车，又转3号公共汽车，中途看错站牌还下错了车。那天巴黎正好降温了，漫天层叠的乌云。找到了塔可夫斯基的墓，短短停留了一会儿，再也没有力气待下去了。

坐地铁的时候我看着一本《白老虎》，这是印度70

后作家阿拉文德·阿迪加的处女作，他曾经是《时代周刊》驻印度的记者。此书特幽默，处处让人发笑，又不浮夸。里面有句诗让人印象深刻“我寻找钥匙多年/但门一直是开的”这首诗出现在小说主人公觉醒之前。好像人在觉醒前都需要帮助，诗是最快的催化剂。

而购物，真的没有时间专门去购物。买到的东西全都是在路上碰到的，就连我最爱的巴黎左岸的商场Le Bon Marche都没有时间去。这真的是个遗憾，我很喜欢那里的内衣店，也就只有在那里，才能买到称心如意的内衣。当然了，在那里买三套内衣，每套配不少于两条内裤（标配，因为内裤更经常换洗），基本上也就破产了。我没有夸张，巴黎的内衣比美国的牛仔裤可要贵多了。

第一天来到巴黎，我就约着高科弟去看英国摄影师Michael St Maur Sheil关于一战的照片展。照片都挂在卢森堡公园的围栏上，正好卢森堡公园也算是我想去的一站。

在去的路上，我无意中闯进一家小店，里面花花绿绿，充满了从女孩儿到女人都会感兴趣的物件，比如色彩斑斓的首饰和衣服……我被一个巨大的、红色的星星状的戒指吸引住了，还有一双耳环。最终买了那对天蓝色的长方形耳环，蓝得就像巴黎的天。柜台主人将它装进一个小纸袋，上面印着她的作品介绍，她名为Melusine，她向我特意强调："这是我的艺名……"

夜晚我们返回高科弟在郊区的商学院的宿舍，躺在床上接着听音乐。我们都喜欢李宗盛，就一首一首播放他的歌。我们谁也不说话，就那么躺着，蜡烛闪烁——听说马尔克斯刚去世，其实我只看过他一本书。应景点个蜡烛，当成微博讽刺一出事就狂点蜡烛这事的小小线下回应。

这种感觉太青春期了。我不是没长大，我只是内心还保留着少女时期的爱好。

啊，春天的巴黎！当马尔克斯遇到海明威，一定是在下着春雨的巴黎。以前讨厌巴黎如我，写过"巴黎待在阴沟里"，这次我发现喝醉了酒的住在郊区的巴黎黑人们实在是太多太多了。

啊，英式农村

哪儿的农村都是农村。凡是农村人就会对农村有所感觉，哪怕仅仅是童年在农村度过的。当然这话太以偏概全了，我的意思是说我自己，不管到任何一个地方，只要是农村风景，都感觉无比舒畅。

英国农村的确可爱，雅致，像小小的甜点。比起中国北方的平原，英国的农村就如一块块点缀着奶油的蛋糕，赏心悦目又闲适。到处都是花，各式各样的，各色雏菊，种类不同的玫瑰，叫不出名字的紫色的花、白色的花、红色的花，既有长在路边，也有开在墙头的，就连地上也夹杂着一簇簇小小的花朵。还看到一片草地上开放着无数枝鲜红色的虞美人，风一吹，随风摇摆。还有不得不提的就是，这里的各种甜点实在是太好吃了。那种黏黏的焦糖布丁，一口下去甜死个人，即使这么甜，我也是一口没剩地吃完了，吃完差点牙痛。各种烤苹果，还有焦糖蛋白、杏仁核桃酥，总之这里的甜点远远比在国内能吃到的品种丰富多了。在外面吃饭，饭后总要吃甜点的，不知不觉就吃了不少，要不是英国农村也很适合运动休闲，真要担心体重了。

这里真是太适合散步了。第一天刚到农村时，我们就去乡间散步。到处都是古老而巨大的树木，目光所及处尽是翠绿的草地，花开得到处都是。刚下过雨，此时太阳出来了，空气清新至极。河里正在盛开着白色的荷花，据说是这个夏天头一次开花。这个夏天比较冷，花也一直没有得到足够的阳光。气候所致，阴天下雨时我们不得不穿上大衣，而当太阳出来，又会感到热，只好再脱掉外套。起风时还要系上围脖，一天要变好几次季节。晚上特别冷，尤其是刮着寒风，恍若冬季。但这都无妨英国农村的可爱，光是看着变幻无穷的云彩和乡间的景色，就让我回忆起小时候在农村的快乐童年，更何况在这里晚上回到借住的朋友家，还可以好好地泡一个澡，怪不得在英国农村宅在屋里很快乐呢。我一点都不想伦敦，我真想当个乡绅啊。就读着书，听着广播，每天去遛遛狗，偶尔去镇子里的游泳池游泳。

在农村，没有太多物质的隐患和担忧，整个人都清静多了。什么也不想也不是件坏事，尤其是对于平时想得太多的人来说，有这么一段时间无所事事，让大脑清空，可能离佛教道教或者各种内心的境界更近了。事情也许不是做得越多就越好，发展也许不是越先进就越好，直抵内心和灵魂的本质可能会将事情做得更正确。想到这里，我发现自己并没有什么都没想。

时空交错三场景

一

这是4月20日凌晨0:18的巴黎。

我和朋友高科弟坐火车从巴黎市区回他所在大学的郊区，上来两个人，一男一女。女孩牵一条狗，男的坐在她旁边，寸头、牛仔裤，一双黑色Vans球鞋。他的眼神坚定、无畏、纯净。我看得目不转睛。这就是我渴望看到的眼神，这就是我想认识的人！真想把他拍下来，然而不太合适，又想录下来。最终我觉得只要用笔记下来就好。

我想和他一起过这样的生活，原来我还是喜欢这样原始的、酷的生活。

他的耳骨上打了个耳钉，一瞬间我都也想打一个了。他看起来不像是法国人，也许是德国的？他看起来比一般日耳曼人要苍白矮小一点儿，但脸型还是有相似之处。气质上，他和我年轻时喜欢过的一个男孩子很像。

在巴黎坐地铁，尤其是回郊区的地铁，很少能见到这样酷的家伙，今晚是我第一次看到这么让我喜欢的人。他简直就是我的同类，是我遗落在过去的理想生活。我喜欢这种反叛的、坚持过自己生活的、非主流的、亚文化的人。

主流的美千篇一律。

我还想再见到他，但是换了一辆火车后，就再也没有见到他们。

二

我是在一场婚宴上认识他的。

那是柏林郊外的一座小巧、可爱，屋里设施布置得又格外富丽堂皇的度假别墅。我们是来参加小白的大学同学的婚礼。新郎是俄罗斯裔，学者。

我遇见他的时候是我们到达的第二天，也是要离开的前一天。白天，是浪漫又轻松的婚礼仪式，下午，来自全球各地的人们随意交谈着，喝咖啡、吸烟、吃蛋糕、喝酒。还有人在游泳，有人在荡舟。这是七月的普通一天，也是天气格外好，空气格外澄净的一天。

来宾分为新郎的大学同学，以及新郎新娘各自来自俄罗斯的家人。其中有些人早已在德国定居。他的大学同学分布各处，新郎格外聪明，他在世界上的几所著名的大学都上过学，比如牛津、普林斯顿、索邦。他是我见过的最聪明的人。

晚宴正式开场的时候，我发现我的座位正好在桌子的边上，离另一个桌子很近，进出不太方便。坐在我旁边的男孩来晚了一会儿，此时桌上有点乱，他找了一会儿酒杯，没找到空的。

“这是你的酒吗?”他用英语，指着我旁边的酒杯问我。

“我猜是。”我说。

“可以给我拿一下那边的杯子吗？”他问坐在我旁边的白德昌。

小白把杯子拿给他。

我们交谈了几句，他说他是新郎的侄子，住在柏林。

我盯着他的脸看了几秒钟，那是一张带有明显俄罗斯血统的脸庞。一瞬间，所有从文学书里看到的俄罗斯记忆全部复活。该叫他卡莎还是米佳？一瞬间，我看到我们手挽手冲向夏季的田野，我们在湖里徜徉，那一瞬间，我爱上了他。

三

我坐在位于第41街的纽约公共图书馆旁边的绿色小椅子上，等着朋友找我。

上一次等她，好像也是在这里，那还是几年前的冬天。

今天我有点沮丧，充满了挫折感。有些人，生下来就拥有的东西，我需要经过重重奋斗才能获得。我现在依然处于一个过程中。虽然有些人没法像我一样，有实现自己才华的能力，虽然我也常常感到，一无所有。

我们去逛第五大道的商场和专卖店，越逛我越沮丧。这都是些我买不起的奢侈品，也许我一本诗集挣到的稿费，只够买其中一个或两个包。

啊，这是多么不同的两种生活方式，两种价值观。我的朋友一直在劝我要华丽转身，否则再过几年读者都会忘了我。她说你应该拓宽自己，改变自己，她提了许多建议给我，有些靠谱，有些不。

我嘟囔着说我也不在乎谁记得我。

啊，寂寂无名是多么可怕！在一个我未曾征服的地方，在一个仍然被当作无名之辈对待的地方。萨特说："在得到一切之前，我什么都不想要。"

经过了欧洲之行，再看纽约，已经有点无法忍受她的粗糙世故了。以前在这里，我经历了一些故事，这次还会再有故事发生吗？天阴沉起来，开始下雨。帝国大厦的顶端融于云雾中……什么时候会登上去，就像那部经典的电影《金玉盟》里那样。这还是未知数。纽约，再留一个惊喜给我。

6

东城故事

兔子（活着）

我想说，这一切到底是怎么回事呢？守兔人。阳台。客厅。自从家里买来一只兔子后，它就给我们带来了许多欢乐和担忧。这是一只白兔子，只花了十块钱。其实人家本来没想要钱，是小烟硬塞给人家十块钱。那只兔子当时关在不大的铁笼子里，笼子底下铺着报纸，很脏，想来它一定不舒服。可能就是看到它不舒服，小烟决定自己回去养兔子。他给了那个人十块钱，就高高兴兴地抱着兔子回家了。

回到家后我就上网看了看养兔子的介绍，找到了许多实用的讯息，包括兔子其实是要喝水的，不能是自来水，必须是凉白开。那时候我们家的两只娃哈哈的水桶都是空的，因为经济困难，自从买过两桶娃哈哈矿泉水后就再也没买过。桶还没退，那是因为我们的乐观精神，决定有朝一日有钱了继续喝矿泉水。谁能满足于自己烧水喝呀。

刚开始，我们把兔子放在屋里，很快发现这是一个错误，兔子到处拉屎、撒尿，屋里多了一股臭味，我们终于知道兔子屎是一小粒一小粒的，整个客厅厨房卧室都无法幸免。“都说现在的年轻人和大自然绝缘，我看这也不太真实。”小烟边收拾兔子屎边嘟囔道，在我听来他的语调中透出一股欢快。我们把兔子放在阳台上，头天我正好从外面参加活动带回来一个制作得像鞋架子的立体书模型，当时我是不想把这个奇怪的东西带回来的，但参加活动的一个朋友不断的鼓动我，带回去吧，多好的一个鞋架子啊。我就带回来了。正好给兔子住。这个立体书住地上一放，小烟在书脊处用剪刀开了个洞当门，供兔子出入。这个兔子窝上还印着五个大字“迅速的生活”。其实应该是“地”，主办方没文化，打错了字。

很快我就发现小烟对兔子的热情与日俱增。他经常长时间地坐在阳台上搂着兔子，每天早晨醒了后就主动下楼给兔子买青菜，顺便才买上我们的早点——面包和酸奶。以前他可没这么主动过，可能现在他觉得自己对兔子有责任吧。他还拉着我去胡同里给兔子找木屑，他说他小时候就养过兔子，知道它需要咬木头，喜欢在木屑里玩。我们在一家正在装修的四合院门口发现了一堆木屑，装了满满两大包。

兔子的窝初具规模，它从此以后就住在阳台上。我们一直没有给它取名字，它就叫兔子。

“它需要一个男朋友。”小烟说，他对待动物的态度还是很人文的。但我们还没有找到卖兔子的宠物店。有一些地方卖兔子，也只是很小的，那是无良商贩。

阳台对面还是一个阳台，对面的阳台是封闭的，不知道是什么单位。对面的楼从周一到周五晚上的灯一直是亮的。唯一有一天我发现灯暗了，原来那天是星期六。在两个阳台之间，是楼下阳台搭的天顶，透明塑料的圆拱形。有天晚上我发现兔子站在那个圆拱形上，像一匹矫健的骏马。

也许对面是一个秘密机构？许是秘密特工局什么的？有时候我看到对面院子的大铁门开开关关，出来的都是穿蓝色制服的年轻男女。有时候上厕所的时候，看着对面楼上的灯光，我还在想，他们都在干什么？

已经有一年时间我没有动笔写小说，自从认识了小烟，好像我的一切都正常了，除了写作。这种感觉有点像一个正常的女人没有怀孕但是月经一直迟迟不来。我每天晚上十二点就睡，早晨很早就起来，也没干什么，晚上就到来了。然后新的一天的早晨又来了，又要给兔子买青菜了。它到处拉屎撒尿，像一个不乖的孩子。

夏天时，我们决定去小烟的欧洲老家度假。他一直担心兔子。我们给它买了一个笼子，跟我弟弟说，让他把兔子装进笼子里带回家让我妈照顾。我在纸上写："每天要把兔子放出笼子自由活动一小时。记得给它水和麦片（不能是自来水）。"

我弟弟喜欢玩电脑，我知道我们走了以后，他和他的朋友会常常蜗居在我们的屋里玩电脑游戏。把兔子交给他，我们都有点不放心，可又安慰自己，一切没问题。回来的时候，兔子也许会长胖点。我们走的这一个多月，兔子一定感到很委屈，它那么喜欢活动，自从认识了我们俩后就没受过约束，这次一定会想到我们的好了吧？我们的担心都是隐隐的担心，没有和我弟弟说过。欧洲肯定是要去的，兔子肯定是带不走了，那么为什么不能放心一点地去呢？

在外边，我给我弟发短信问他兔子怎么样了？他没有回答我。这不是他的风格，他像所有的年轻小孩一样，回短信的速度非常快。我觉得可能出问题了，想到兔子，我竟然有了点自责。第二天，我给他打了电话。他说兔子跑了。我说，它怎么会跑呢？我们养了它那么长时间它都没跑，现在怎么就跑了呢？他有点着急了，说，兔子跑了，后来回来过一次，现在又跑了。我说，你每天都给它的盆里放水和吃的吗？他说“放呀，我每天都换”。

我不知道这是不是事实。事实上，就算他没有每天换水和食物，我也拿我弟弟丝毫没有办法。是啊，重要的是，兔子跑了。它不回来了。可能它回不来了。

我告诉了小烟兔子没了，他听完我转述的我和我弟的对话，说，它不可能跑，它只可能在对面的天台上玩。或者跑到别人家，可能有人把它拿走了。

我说你别怪我弟弟了，他也不懂。其实我心里也特郁闷，可我实在不知道该说什么。过了几天，我上网发现我弟弟给我发了条信息，说他很抱歉丢了兔子，我回来后送我一只。

其实我只是怀念我们丢了的兔子，新的兔子跟我们有什么关系呢?

我们终于又回到了北京。人不在，屋里就显得空空荡荡，东西上都蒙了一层土。我弟弟在我们回来之前就住校走了。我们不由自主地走上阳台，看兔子的房间。我还不愿意称那为故居。它的饭盆里的水早就干了，麦片没有了。我去阳台，给盆里倒上水，然后对着它发了一会儿呆。

小烟也走上阳台，他又说起兔子不可能自己跑走，一定是让人带走了。我变得烦躁起来，说，那也不能怪我弟弟啊——他不懂我们对兔子的感情。

是啊，到最后，我对兔子的感情变得和小烟对兔子的感情一样多了。我只能望向对面的楼和依然亮着灯的陌生屋子，默默地呼唤：兔子，你回来吧。

大哥失踪了

在住进“会所”的第七天，大哥当晚没有回来。其他三只猫都回来了，大哥还是不见踪影。罗威廉和我谁都没有在意，前几次也是这样，窗户开着，猫白天出去玩，晚上会自己回来。

“会所”位于二环内德内大街的一条狭窄的胡同里，实际上它是一个胡乱搭建的小二楼，与一间小平房一起关在一个小四合院里。小平房在东边，是房东和她闺女住的，属于小平房的还有两条白色的大狗。这两个人和两条狗分享一小间平房。小平房内还有一个小侧间，被改造成一间浴室，从木门进来的时候，经常会看到浴室亮着灯，架子上放着数量不多的平价洗浴用品，洗发水什么的。这四位是怎么分享一间小屋，这是我一直在琢磨却始终无法理解的事。

我和罗威廉住的小二楼，也就是所谓的“复式”，其实之前是房东一家住过的。一直未见有男人来找过房东，唯一来拜访过的成年男人应该是房东女儿的男朋友，他偶尔会过来。

房东女儿戴一副随处可见的、丝毫没有特色的圆框银边近视镜，脸圆圆的，一看就是得到她妈妈的遗传。她妈姓张，人挺不错的，我一直不知道她女儿叫什么，也没必要知道。从还没搬来的那天，我就知道我们不是一路人，她一出场，我就开始厌恶。那天罗威廉出差，我按约定时间去德内看房，院里站着张阿姨和一个正在抽烟的年轻男人，我说了来意，男人向主屋，也就是我们即将要租下的那套小二楼喊了一句：看房的来了！

“妈呀！知道啦！”随着拖长音的不耐烦语调，“蹬蹬蹬”地走下来一个个儿不高的年轻女人，我对她的第一印象就是戴着圆框银边近视镜后面滴溜溜转的眼睛和尖细的嗓音。她兼有女人和女孩的双重特点，一方面是女人的精明，另一方面就是还没长大的女孩的任性。

刚开始我们并没有开窗户放猫们出去，在搬来的前几天，发现克罗娜，那只三岁半的黑色短毛母猫自己挠开了窗户上的纱窗，幸好我们发现得早，她当时只是在窗户外面发呆。我们赶紧给她抱回来。不敢再开窗户了，现在直接关窗，纱窗自然也用不上了。过了几天，我们意识到几只猫总在窗台上发呆，罗威廉于是亲自打开了窗，把克罗娜放到了窗外，Caesar、Nunu和大哥也紧随其后出去了。它们只是在窗外的一大片平台上散步遛弯儿，那是街坊邻居们住的一片小平房的屋顶。

几个小时后它们分别回来了。我们关上窗。次日重复。猫总会在出去嬉戏一阵后回家。它们从不在外面过夜。

我很欣慰猫在这里，能够和真正的大自然开始亲近，它们终于活得像只猫了，而不是一直被关在家里的宠物。有天下午，老罗把我喊到院外，让我看Caesar正在外面一棵树上练爬树。它久久地在树上站立、攀爬，似乎对树相见恨晚，小小的身躯里蕴含着无穷的精力。

2011年夏天，我与男朋友分手。他飞回欧洲，我付了三个月房租，和我的两只猫一起住在我们曾经的公寓里。罗威廉那时已经搬到了“会所”，这是他春天时便看中的房，一直在装修，粉刷墙壁置办家具，现在终于弄得有点样子了，尤其是二楼的房间大而明亮，全是木地板，连天花板都是木头的，很有点“柏林小屋”的感觉。神来之笔是，二楼的每间屋子都有一个小天窗，我们把床垫放在最大的那个房间的天窗下面，晚上可以躺着看月亮。

罗威廉常来找我，他也有两只猫，一公一母，都是黑色，一只名为“大哥”，一只叫“克罗娜”。我问他为什么大哥叫大哥，他说，大哥原来是流浪猫，他在宠物医院领养的它，那时候它叫“小黑”。他嫌这名字不够霸气，就存心要给小黑另取名字。“那天我念着它的名字‘小黑’‘小黑’‘小黑’……‘黑社会’‘黑社会’……‘黑社会大哥’‘黑社会大哥’，哎，就叫‘大哥’吧。”平时罗威廉也经常用“Naughty cat”来叫它。

我们离得很近，骑自行车只需要十五分钟，却分属两个区，鼓楼是东城区，德内大街是西城区。实际上我们几乎天天在一起，不是他来找我就是我去“会所”找他。我们这种各居其所的生活有一天被打断了。八月的一天，前男友从国外打来电话，说他过几天要回北京拍个东西，需要在北京接着住一阵儿，我顺理成章地搬进了“会所”。

当夜大哥没回来。我们谁都没当回事，觉得它明天肯定就回来了。第二天又是晴天，窗户一直没关。白天三只猫出去玩，到点儿也都回来了，大哥还是没动静。

此后每一天，大哥都没有回来。一星期后老罗开始急了，大哥是它最爱的一只猫，他爱大哥的笨，大哥永远都是宠辱不惊，它是四只猫里面最缺乏斗志的一个。也许老罗爱的正是它的这种无为而治。每天凌晨两点半，老罗都披上外衣骑着自行车去周边地带找大哥。这个时间街上的行人和车辆都少，是流浪猫最愿意出来活动的时间段。有一天他回来后跟我说，这一片儿有许多流浪猫，有一只长得很像Caesar，一侧脸颊上长了铜钱那么大的黑色圆点。

很快我就见到了这只猫，我们给它起名叫“希特勒”。有天我们从西海边停完车回“会所”，路过必经的小胡同，发现希特勒正站在其中一间平房的屋顶上，看了我们一眼，就消失在夜色中。

会不会是那个进过监狱的人把大哥抓走了？那是在我搬来后的第一个月，有天我到胡同口的彩票店买烟，一个留着小胡子的胖子过来搭讪，说话不干不净的，听房东张阿姨说，这个人刚从监狱放出来，就住在胡同里面，平时养鸽子，对猫很不友好，会打猫，得留点儿神。然而我们观察了几天，并没发现任何线索。

几乎每个凌晨，老罗都会等到两点半左右，不顾外面的天气，穿好衣服，亲亲我的脸，带上猫粮和大哥最喜欢的玩具，出去找大哥。他的方法就是沿街巷不断地呼唤大哥的名字，间或发出在给猫喂酸奶时发出的长音：“唔哦唔……”这个声音大哥和克罗娜都非常熟悉，Caesar和Vanunu则对此刚开始有点意识，它们还不能把这个声音和有酸奶吃联系起来。后来我开始跟他一起去找大哥。

因为寻找大哥，我们俩一起熟悉了“会所”周边的环境。2006年时，德内大街开始进行改造，拆了许多旧居，拓宽了马路，到了2011年，这一带白天看起来仍然破旧寒酸，整条大街没有一家像样儿点的商铺，整体色调是土黄色，周边都是回迁户和进京打工青年，出门后眼前只有黑灰二色。我们深夜出门，这里更见寂寥，只有一家24小时便利店和一家拉面馆还在营业，偶尔有几辆飞驰而过的汽车和摩托车，路上的行人屈指可数，与鼓楼一带形成鲜明对比，若是现在，鼓楼东大街肯定还有许多行人，许多正准备去酒吧喝酒。

“Naughty cat!”“Naughty cat!” 罗威廉一路寻着大哥。

已经十月末了，天已经开始降温，晚上寒气袭人。我们沿着胡同走到西海边，此时的西海幽然宁静，河边有几位垂钓的老人，这边不比后海，西海与前海同属什刹海，由德胜桥隔开，这里与后海的众多观光客及酒吧餐厅的繁华景象截然不同，这里只有“法语语言文化中心”，湖面被树上缠绕的红色、绿色夜景灯映得波光粼粼，河对面“积水潭医院”的红色霓虹字迹清晰可见。

大哥消失了。大哥失踪了。大哥离家出走了。

大哥再也没回来。我们在窗外放了个猫粮盆，里面放着猫粮，经常会有附近的流浪猫过来吃猫粮。最常来的就是希特勒和另外一只大白猫，但再也没有见大哥出现过。

在“会所”住了不到两个月后，我们也仓皇地逃跑了。实在是受不了这里了，住在这里完全像两只狼住在羊群里，或者相反。每次一进院，房东家的两只狗就开始狂叫，我不怕它们，我还挺喜欢它们的。但我怕的是房东女儿随之而来的呵斥：“闭嘴！”那声音简直比狗叫还让人胸闷。房东的女儿还特别喜欢在院里打电话，她那富有特色的声音穿过本来就不厚的墙，直接穿过我的耳膜。我算是明白为什么刚搬来的时候发现屋里每扇门上都加了隔音板。现在明白过来有点晚了，因为我们把那些难看的棕色隔音板都拆了，那颜色让我想到住在监狱里。更可怕的是，晚上十点以后，就没办法再用音箱听音乐了，看电视剧都得用最低的声音。我们的卧室距房东的小屋仅仅一墙之隔，那墙确实是薄了点儿。住在这里还有一个问题，那就是周边没有可以待的地方，除了一家“孔乙己”，没有什么咖啡馆，也没什么可逛的。我开始怀念那帮开party的意大利邻居了。

我的前男友彻底回国了，“彻底”这个词指的是他真的走了，并且不再回来了。他走的那天，我们约好吃晚饭，结果刚上了他车没一会儿，我就下车了。他在车上又开始指责我，我听到一半，就决定下车。我边走边哭，眼泪完全止不住。他就是不知道我爱他，全世界都知道我爱他，就他不知道。前男友也是不得不走，他的双胞胎弟弟前一段时间因为一场事故突然离世，他很痛苦，更激起了要离开中国的想法，他本来就受够中国了。走吧，走了也好。不要再回顾了，不要再回头了。

再次搬回到菊儿胡同的老公寓，犹如回到前世。屋里除了原先的一些旧家具和一些旧衣物、旧杂志，什么都没有留下。完全被废弃了啊，就连他在美国旅行时买的那条红黑格子的睡袋都没了。是运回德国还是送人了？不得而知，他明明知道我特别喜欢那个睡袋。他的红色山地车也不在楼下停着了。送人了吧。反正他什么都没给我留下，除了Caesar。

有Caesar就够了。这是他唯一留给我的东西——一条小生命。我常常又惊又喜地看着Caesar，不由自主说出前男友常对Caesar说的话：“是谁把你生出来的？——怎么生得这么好？”

现在三只猫都跟我们回到了鼓楼，唯独大哥，留在了“会所”周边。不知道它住在哪里，现在在哪里流浪。“会所”并没有退掉，许多家具还留在那儿，等待着合同到期的时候再一起收拾。罗威廉太贵族了，他宁可把大半年的房租都白白扔掉也不愿意把这房子转租掉。他的小时工叔叔小潘也仍然按照每星期一次的步调，来“会所”打扫卫生。我们都不在那里住了，小潘估计也就是拿出吸尘器吸吸尘，再给几盆花浇浇水。

老罗偶尔还会回趟“会所”，去拿点落在那里的必备日用品。有回回来他跟我说，你猜我在“会所”看到了什么？我说什么？他说床上有堆已经干了的猫屎，不知道是谁拉的，可能是大哥，也可能是“希特勒”。

“Naughty cat!”

敌人易得

林嘉芙给那个叫尼玛的藏族男孩回短信："我还好。想和你聊天，等你有空的时候吧。"想了想，她又加了一句，"你在哪儿工作？"

好几天，她都没有跟尼玛联系，本来他们约好有天晚上一起在她家楼下的那所西藏学校聊天的。那天晚上林嘉芙完全忘掉了这件事，事后想起来，也没有给他打电话或发短信解释一下。

这个下午，她想约个朋友吃晚饭。扬扬说他去北戴河了。想了想住在附近的两个闺蜜，算了，前几天刚见过的。她想出门走走，又有点懒得动。有点饿，却控制不住地拿起那杯几乎放凉了的咖啡。

窗外的天色有些阴沉，带着淡淡的雾色。树兀自发绿，一切都像初秋那般正常、固定，简直没什么好说的。

就在这时，她突然想起了那个西藏男孩尼玛。他矮矮的，小个子，脸圆圆的。他们不熟，只在那所西藏中学见过几面。每次见她，他好像都挺高兴，眼睛发亮，睁得很圆，像他的脸。她给他发了条短信，问他是否在学校。短信很快回过来："不在。我在上班，你这两天过得好吗？"

她本来对尼玛在哪里上班根本不感兴趣，但她还是问了一句："你在哪里上班？"

关心一个人在哪里上班，想了解对方的个人讯息，这也许是友情或一切感情的基本要求吧。

林嘉芙突然想起来，她的另一个朋友尼佳却从来没有问过她的个人信息。有时候她都忍不住要主动表白，却被他顶了回来："不用说，我明白。"

你明白什么啊？每当他这么说时，林嘉芙总是想这么回答。

尼佳总是滔滔不绝地谈论自己，他边说话边运用着手势来增强他表达时的强烈情绪。有时她觉得他简直像个在电视上发表成功感言的大学教授或是某个宗教领袖。有些话她听过好几遍了，也许这是他第一次对她说，可她总觉得那些观点在哪里听到和看到过。也许是他写的专栏里？也许是在他的访谈里？她常常听着听着就走神了，迷恋、反感和对他的阵阵抑制不住的兴奋（对他？还是对他说的话？）混杂在一起。

刚认识时，她并没觉得尼佳有多出众或多出色。当尼佳的轮廓在她的眼中渐渐清晰时，她就像被一道闪电从头顶直劈下来，被那种刺眼的光亮和某种骇人的力量震撼得失去知觉，直到一个礼拜后她才反应过来。

她模仿起尼佳的一举一动。从阅读的口味到起床的时间，从尼佳热爱跑步的爱好到他说话的方式她都一丝不漏地学习了过来。最难的是摸透尼佳的思维模式。为了搞清楚他对一些问题是怎么想的（重要的是动机），她把所有网上能找到的关于尼佳的资料都仔细读了一遍。为了更清楚地掌握他的思维模式，她常对自己自问自答，思索着尼佳可能会回答的答案。在做一件事情之前，她会先问自己一遍：如果是尼佳，他会这么做吗？

当然尼佳对此一无所知。她觉得自己简直像个间谍，躲在暗处观察着某个猎物，有时觉得自己也许才是那个猎物，尼佳只是个心不在焉的猎人。

林嘉芙很快将自己塑造成了一个新人。这个人除了外表、名字和过去一样，其他的都和过去不一样了。

最初发现端倪的是她的朋友们。他们发现她在看一些她原来根本不会碰的书。其次，他们惊讶地发现，她居然在早晨七点就登录社交软件。

越是了解尼佳，她就越觉得自己不了解他。第一次见面时，面对他的问题她都能给出个确凿答案，而现在她开始怀疑答案的真实度。

愈迷惑，她就愈控制不住地想要写诗。这是唯一一件她会做而尼佳不会的事。

有天晚上，她太想念尼佳了，确切地说，太思念那种和尼佳在一起时他给她带来的那种极其现实反而显得极其不真实的、极其迷幻的气氛。她半夜起了床，走到书桌打开电脑，仔细地研究尼佳的照片，好像这样就能得到些安慰。她仔细地对比着他原来的照片和近期这些，得出一个结论，他原来的照片上的眼神与现在的不太一样。在原来的照片上，尼佳无论是面无表情还是正在笑，他的眼睛都流露出一丝愁苦。后来的照片上，这种愁苦消失了，换上的是一种洋洋自得的表情，甚至是自以为是的表情。这让林嘉芙恨得咬牙切齿，好像他叛变了。

我是个有99%理智的人。尼佳说。

跟你相反，我有99%的感性。她回应道。

“你每天的生活是什么样子？”第一次见面时尼佳问她。

“我每天就是下午起床，听听歌，喝喝咖啡，看看书。我喜欢这种生活。”

“嗯。”尼佳热烈地点着头，“太好了。”

第二次见面时，在酒吧的包房里，喝了几杯酒后，她突然哭了起来，很快，流泪变成了号啕大哭。尼佳刚开始没作声，后来看她哭得厉害，有些慌张。哭完之后，她感觉突然轻松了许多。在一个几乎还算得上陌生人的同龄人旁边哭泣，这意味着什么呢？她看着尼佳的眼睛，后者根本没有躲开的意思，反而迎着她的注视。两人就这样默默无语地看着对方，那双眼睛没有表情，也没有感情，长袖衬衫下的身躯保持着平静，没有一丝颤动。他是如此压抑，如此冷静。看着看着，她放弃了思索，只是看着那双眼睛，直到她的眼圈又红了起来，她才转开视线。尼佳拿起桌子上的威士忌酒杯，碰了一下她的杯子。两个人喝了一口酒，又恢复沉默。

从第二次见面，他们就不怎么说话了。想打破沉默的时候，林嘉芙就会随便问尼佳一个问题，尼佳会立刻给她答案。他们从不说私事，谈的都是政治时事。每一次对话都是两种价值观的争锋，政治是尼佳的长项，不是她的，每次她都会被他辩倒。她无限怀念刚开始认识尼佳时，他们还会聊些日常生活，后来，她感觉与他相处越来越累，有时候回家后简直连话都不想说。刚开始她以为他们可以当朋友，后来发现，没有朋友，只有一个男人和一个女人。

她不可抑制地想，如果他以后真的成功了？

“我真想杀了你。”她不但这么想了，也这么说了出来。

尼佳没说话，只是紧紧搂住了她，安慰似的轻轻地拍了拍她的肩膀。

她是在找同类还是找敌人？她问自己。

他太苦了。他的野心包裹在他平静的外表之下，稍不留情就忽略了。他是这么孤独。

看他有些疲惫地靠在沙发上，她忍不住给他按摩起肩膀来。“我不会按摩啊……”她试图撒娇，让气氛轻松些。

“那你会什么？”他突然盯住她。

“会的都是些没用的。”那目光让她很不舒服，她冷笑了一下，不悦地答道。

两人走出酒吧的时候，林嘉芙想起自己的钱包里没现金了，管尼佳借了一百块钱。尼佳站在路边，看着她上了车，那目光是那么留恋，甚至……她想了想，用什么词来形容好呢？那是一种悲哀的眼神，就像看着一个死人，或者看着某样即将消失的事物。她想起第一次告别时，尼佳也站在路边看她上了出租车，那是同样的目光，留恋中带着悲哀，又似乎充满矛盾。

第三次在那家小酒吧的包房里见面，他们照例没有说话，只是看着对方的眼睛。“来不及了……太晚了……自此以后，我们势必要走不同的路，就像两条相交的线，你东，我西。”“我们离开这个地方吧！”林嘉芙的大脑轰然作响，这短短的几十秒对视，她涌动出无数想法。她知道他下一步要怎么做、要去哪里。他要走的路正好是她原来最讨厌的。他不会改变他的既定步伐，那是他生存的意义。而正如命运安排，他们一定会在现在相遇，也一定会在将来分开。这一天应该会很快吧。

她越看着他，越明白上次为什么会哭。她没有再哭，这次，首先调转视线的是尼佳。他似乎也红了眼眶。

林嘉芙抚摸着尼佳脖子上的伤痕，抬脸问他：“这是怎么弄的？”

“……”尼佳想说什么，又没说，只是说：“以后你会知道的。”

“不用说，我明白。”林嘉芙回答。她想去吻那片伤痕，最终却没有，只是用手掌护住了它。

“如果让我选择，如果说必须二选一，那我永远都会选和你的精神交流，而不是和你上床。”尼佳端起酒，窗外是中关村搜狐大厦，下面是熙熙攘攘的夜市。

“对了，我们这不是在谈恋爱。”尼佳强调道。

“当然不是了。”

“你是我的灵魂伙伴。我对你没有任何要求，只要你当你就好了。”

林嘉芙愣了一下，她掩饰得很好，没有露出过多惊讶的表情。她的第一反应是拒绝，然而她没有。

“你知道这是个很重的词，”她斟酌着词句，“如果被灵魂伙伴伤害，那么只能说明对方根本就不是你的灵魂伙伴。”

尼佳赞许地望着她：“你说得对。”

“我其实对你也没有任何指望。只要你是你就好了。我只想和你当好朋友，能当多久，就当多久……”

除了他们见面的时候，平时尼佳就像失踪了一样。他们很少联系，有时候，一连几天都没有音讯。她往往只能从他的博客或者专栏里看到他最近去了哪里，他从来都不主动说。正如一个被观察者意识到了有人在观察他，于是变得更加神秘。

尼佳说过要和她一起去天津，他每个星期都去天津做访谈，但后来他再也没提起过这件事。尼佳说要和她一起去新疆“考察”，她连新疆的地图和旅行手册都买好了。她的那些见过尼佳的朋友都告诉她，离他远一点，他是个危险人物，至少比他看起来要危险得多。他们对尼佳的看法出乎意料地一致，他们不喜欢他，甚至害怕他。

他们说他有一种法西斯的眼神。

她想起这种眼神。有次尼佳说，最好不要让别人看到咱们在一起。她说，那就只有一个办法——消失。尼佳突然死死地盯住她，同时若有所思地说“你说得对。”那是一种动物般的眼神，她吓了一跳。幸好他立刻又恢复成平时温和的模样。

即使尼佳如他们所言，她也不感觉惊讶。不，她不怕他。

新疆之行终未成行。尼佳告诉她，他想一个人去。她听了这句话之后，也只是憋足了气，不知道如何发泄。整整一个礼拜后，尼佳突然发短信来：特想你。

想我什么呢？她想。

在尼佳的眼里，她或许就像他一样神秘而不可信任？尼佳从来没有问过她任何私人信息，他不但不问，有时候她甚至感觉他根本不想知道。或许，她根本不用说？就像他说的“不用说，我明白”？他到底是全知道不用她说还是根本不想知道所以不用她说？

在那一个礼拜里，她依然保持着尼佳带给她的新的生活习惯。她不知道他在哪里，如果想知道他的消息很简单，只要打开那个著名网站的页面就好了，上面有尼佳的最新专栏。

她不打算看。以前她会看他写过的每一个字，说过的每一句话。现在她不想看他的任何一个字，不想知道和他有关的任何讯息。

刚开始对他的喜欢已经成功地被另一种情感所覆盖，她的自我重新抬头，她厌恶他所追求的那种价值观。很快，这种厌恶变成了对他的强烈反感。与此同时，尼佳那双愁苦的眼睛在她眼前冉冉升起，怎么也挥不去。那是种诱惑，一种让她想到许多不良暗示的、彻底沉迷的诱惑，一种丧失理智的诱惑。

她可真希望没有离他这么近过，如果一直在外围，可能就会一直喜欢他。而今，她了解了他，就再也没有后退的可能性。

为什么我对恶如此迷恋呢？她问自己。

每次见面，她都认为不会有下一次了。最后一次见面之前，她同样觉得不会有这一次见面了。最后一次见面，他们一起去了一家书店旁边的酒吧，尼佳又在滔滔不绝地谈论，她又听得入迷。那是种混杂着幸福、厌恶和嘲讽的迷恋。即使是混杂着幸福、厌恶和嘲讽的迷恋，依然是迷恋。

“再来一杯自由古巴。”她扬手叫服务员。酒吧的墙壁是绿色的，“我喜欢这种绿色，看上去像在森林里，眼睛好舒服。”

“两杯。”尼佳对那个走过来的年轻、瘦削的男服务员吩咐道。

他们碰杯，接着喝酒。一时间两人都没有说话。有那么几秒钟，尼佳看她的眼神温柔至极，他的瞳孔放大了，眼睛闪闪发亮。

“什么是自由古巴？”他好奇地问。

“哦，就是朗姆酒加可乐。”

“哈，是这样啊。我平时不太懂享受，我都说自己平时在生活中是最没有魅力的人。”尼佳自嘲地笑了一下，他端起酒杯，喝了一口。他的手细长柔软，比她的手更像一个女孩的手。

“你有一种——毫无魅力的——魅力。”林嘉芙看着尼佳，一字一顿地说道。

尼佳没笑。

“你以后想去波士顿还是纽约？”林嘉芙问。

“波士顿吧。”他有点不自然地回答道。

“哦，那里适合学习。”她淡淡地应道。

“其实，我更想去华盛顿。”尼佳犹豫了一下，说道。然后又紧紧抿上了嘴唇，像是后悔说过这句话。

她心里一惊：“你也太雷人了。”

那个小区的位置挺偏的，楼道还在装修，一片漆黑，还没来得及装灯。一进门她就看到满满两个书架的书，都是些她原来从来不读的那种理论书。

尼佳坐到电脑前，她坐在沙发上翻杂志。他很快走过来。他抚摸着她的胸和锁骨，她把手放到他的腰上。他又瘦了一点。这年轻的身体毫无赘肉，每一寸肉都待在它们应该待的地方。

他的舌头吻着她，她情不自禁地回吻他，气温陡然升高了，她感到身体深处一下子湿润起来。不知过了多久，他抱起她走进卧室，把她轻轻地放到床上。

那夜她根本没有睡。空调发出轻微的噪音，尼佳在身边睡得很香，睡之前他说："我要早晨八点钟离开。你会和我一起走吗?"他的语调温柔。她想起来，实际上他一直表现得很温柔。"我还有别的选择吗?""没有啊。"黑暗中传来他的回答。"那你为什么还要问呢?"

一个小时过去了。她仍平躺在床上，睁着眼。全是夜。全是黑色。什么都看不见。尼佳转了个身，搂住她。他呢喃了一句什么，听不清楚，像是在呼唤她的名字又像是在说毫无意义的梦话。直到她的腿快被他压麻了，她才侧身躲开了他。她起身下床，摸黑走到客厅。

天快亮的凌晨前的五分钟，林嘉芙独自离开尼佳家。她仔细洗干净了手，换了一条吊带花裙子，走出那个陌生的、荒凉的小区。附近几个楼盘正在轰轰隆隆地建造，也许几个月后这里就会人满为患。

东城故事

（《光年之美国梦》之《曼谷惊魂》续）

一

我二十一岁生日那天，我们去了海边。那几天都在下雨。那时候的北戴河翻滚着恶意的绿色波浪，沙滩上都是暗绿色的海带、海藻。天特凉，礁石是黑色的。仅有的几棵树绿得不像话，像妖精般兀自绿着。

第二个夜晚我们坐在海边看涨潮。沙滩温暖潮湿，远处亮着灯。没有什么人，只有我们和不远处几个游人。海浪一阵阵地扑过来。海之所以美，是因为它有力量。

我盯着潮水，有一种非常强烈的感觉，我的少年离我远去了。它萦绕在脑中，挥之不去。

我要接受我要长大的事实了。在此之前我从不接受。我们曾经说过永远不长大，永远做孩子。后来我发现这不可能，我顶多不忘记那些过去的事而已。

第三天早晨六点钟，我们打车去了北戴河，顿时觉得眼前一亮！灰色的秦皇岛太难看了，哪有北戴河花红树绿啊。

大概八九点钟，在酒店吃过简单的早饭后，天终于放晴，眼前一片金光灿烂。我们把浴巾铺在沙滩上，我换上我的蓝色比基尼，戴上我的红色墨镜与Martin一起晒太阳。一切都是如此完美，尽管几个小时后我们就要离开此地。Martin问我，是不是没玩够，会不会因为一会儿就要回北京感到遗憾？我摇摇头，说不。旅行不就是为了提醒我们去发现那些短暂的美好吗？

回北京后，我说了一句话：北京真完了。

“你的意思是，北京对你来说完了？”

“是。”我说，言之凿凿。其实我还有一种更确切的感觉：我在北京的日子也完了。尽管我完全无从解释这种感觉从何而来。那些少年轻狂混吃等死的好日子快要结束了，并且一去不复返了。

二

那段时间我没有男朋友，身边倒是有几个身份暧昧不清的对象。其中一个叫David，是个美国人，大学教授，我们是在一家音乐网站上认识的。他开一辆蓝色法拉利，看起来很帅气。

除他之外还有一个也是美国人，真奇怪，我那几年喜欢的和讨厌的都是中国人和美国人，一个英国人都没有，更没有法国人或者意大利人。我很快就不再喜欢这个美国人了，我不喜欢一个男人无法接受自己的生活处境，他对他所有的一切都感到尴尬。

这两个人的共同之处除了他们都是美国人以外，他们还都有一双蓝眼睛。蓝得像是北京没有被污染的天，或者是青海的湖水。他们的性格相差千万里，我与他们从始至终都没有上过床，也没有任何超出友情的身体接触。这完全归功于我当时低迷的精神状态，我那段时间极其厌恶人类，随时都容易被人激怒。

还有一个尼泊尔的仁兄，忘了是怎么认识的了，我与他倒是没这么复杂的内心戏，我们仅仅是萍水相逢，他在北二外学汉语，根本就不看小说。

在这种状态里，我认识了一个德国人，他叫Martin，我们是在一个朋友的生日聚会上认识的。他带我去海边过了生日，回北京后，我很快搬到了Martin家，他帮我把电脑一起搬了过去。

我与那个美国人仍然保持着联系，偶尔会在咖啡馆里碰到他。我们不怎么对话，仅仅是点一下头，代表看到了对方。以前我大老远打车来咖啡馆找他也不见，现在Martin住的地方离他经常光顾的咖啡馆很近，这样反而经常能看到他，我是再也没有与他见面的兴趣了。

那条小巷在白天看来一片光明，老头老太太、几个有些情调的咖啡馆、清脆的自行车铃声、阳光明晃晃的，像鸡蛋黄，带着暖暖的热度。我还发现在往东不远处的两条街路边有一家图书馆，一次可以借五本书。

这可能就是新生活，摸索的、试图真正独立的新生活吧。除了偶尔去外国语大学上课，大部分时间我都没有什么事情做。只是开销突然大了起来，厨房里经常没有吃的，烟很快就抽没了，卡里也没有多少钱了。所有的一切都需要自己来办，不像以前在家里还有家长伺候。

有一天家里突然断电了。这座楼的电路很陈旧，夏天经常跳闸，住惯了军队大院的我根本接受不了这个现实。军队大院的后勤一向很好，我从来都没有担心过这种情况。

Martin不在家，无奈之中，我只好去了胡同旁边的一家网吧。此网吧架势挺大，人很多，桌上的烟灰缸放满中南海烟头，广播里放着一首我还没听过的最新流行歌。哪里是流行音乐的最前沿？网吧啊。每个地方放的歌都很符合每个地方的特色。比如有一回我走出邮局，旁边的美发店里正在放《我没那种命》。还有一回我坐在“兄弟川菜”馆里吃饭，里面正在放《我想有个家》。

我开始发狂般地对家居用品有了兴趣。有回在花园村附近的一个家居店看到一个心形的红床垫觉得挺可爱的，但又觉得不能躺在上边睡。床我还是喜欢朴素些的，坚固实用，干干净净，白床单什么的。

墙上又让我贴满了一大堆海报贴画，就连厕所的墙上都贴满了。我喜欢个人气息浓烈的地方，所以我住的地方都很乱。

尼泊尔的那个仁兄又出现了。据他说他用公共电话给我打过几次电话，我都没接。他又给我发了条短信，要求见面。我一听头就大了，想起来那唯一一次与他不堪回首的短暂见面。不过，我同时也抱着让他看看我幸福生活的念头，把他约到了家里。

他来的时候我请他进屋，这回我不再是热情地拥抱了，而是谨慎地伸出一只手，与他握了握手。我上次根本没注意他长什么样儿，这回我可以好好打量一下了。整体看完后，发现这哥们儿就是一个平常普通的人，我上次是怎么鬼迷心窍跟他上床的？只能说，我以前太无聊了！

在回答了我诸如“你们学习忙不忙呀?”“你们国家的留学生多不多啊?”等亲切的问题后，哥们说“还有事，先走了”。

等我把门关上后，我才叹了一口气：太好了！以前不靠谱的岁月，统统滚远吧！

新生活有时候令我哭笑不得，Martin和我的成长环境太不一样了，我们经常说着说着就能给说岔了。那时我有一个现在早已消失在人海中的朋友。她有点神经质，人长得比较古典，爱唱昆曲，大半年不去学校上学的那种，有天她突然跟我说她喜欢诗歌。“什么诗?”我纳闷极了。她脱口而出给我背德国诗歌，以为身为德国人的Martin会特有共鸣：“早晨的黑牛奶我们晚上喝。”

“这首诗不错。”我说。

Martin在旁边不以为然地说：“我觉得写诗特容易，是个人就能写。”

听闻此言，我那姐们儿愣住了。她几乎都给气哭了，一字一顿地说：“你真让我对德国青年失望，我还以为德国是世界上最爱诗的国家!”

Martin笑得浑身发颤，一点也没有因此受到打击或侮辱的样子。你还别说，我很欣赏他这副德国农民的样子。

“可能是语言问题。他中文不太好，如果背德语的可能就有感觉了。我有个美国哥们正在翻译李白的诗呢。”我说。

“李白是谁?”他疑惑地问。我以为他在开玩笑，但看到他一脸懵懂的表情，我意识到他是真的不知道李白是谁。

“你真不知道李白是谁？怎么会不知道李白？你大学白念啦？你没老师吗？千万别跟人说你认识我。”

我比我那姐们儿还生气，越想越生气。太丢人了，他居然不知道李白是谁。这真是人生中的污点啊!

我只好给他背了几首，然后冲Martin说:“我已经给你做了一个老师应该做的，你能不能理解就是能力问题了。如果我告诉你我不知道歌德是谁你会不会疯了?”

三

很快我便厌倦了这样的生活。厨房里没有吃的，我的烟没了，卡里没有钱，甚至想和Martin一起散步也不可能，他总说没时间。在我看来这就是两个人想法不同。

他的语言总是会伤害到我脆弱的心灵，而他对此毫无愧疚。

早上起来突然有种感觉就是我背叛了我的过去，我的现在与我曾经的理想截然不同。我想起我喜欢的电影的片段和我当时的感受。我有点恨现在的我。

这是一种比较微妙的感觉，我能感觉到却无法一刀截断。

也许这就是他们指责我变了的原因吧。

在网上我向一个朋友讲我的苦恼，那就是我同样不知道自己想要什么，对自己也感到怀疑。他是一个华裔美国军人，我们也是从那家交友网上认识的。他说："你可以留学，读完书找一份平平凡凡的工作，跟着结婚，生孩子，平庸地度过一生。或者，做一些有挑战性的，令你不会后悔一生的事。那样人生才有光彩，至少老了后，可以对你的子孙说你曾经做过什么，令他们觉得，你没有枉过一生。Understood ?”

我明白他的意思。但是，那是什么样的事呢？这日子简直没法过了。

至少我应该有一个梦想。我的梦想是什么来着？我想了半天，想起来了，是去哈佛上大学。说干就干，事不宜迟，我从网上买了一大堆专业书，包括《如何申请美国大学》《如何通过美国签证》《怎么写好给美国大学的申请信》《怎样考托福》，准备细细研究。等我终于花了三天三夜看完这些书，我一声长叹，甭提哈佛了，就连网上托福考试都报不上名，五环外的考场都被报满了。

我打电话打到了纽约的一个公共电话亭，那边大概是早晨八九点。一个男人接了电话，我的英语很差，我忘了应该说什么。那个人为什么要接电话呢？他接了电话听到一阵喘息会怎么想？当他听到我带中国口音的英语又会怎么想？他挂了电话后会笑笑走开吗？

我不知道。

灯光照在我正在发呆的脸上。我不想听却也能听到从Martin的屋里传来的他与朋友聊天的欢笑声，我感到心力交瘁，好像现在在过的生活跟真正的我没有一点关系。

用贾妮的话说就是："我可以长大，我可以变老，我可以结婚，我可以生孩子。但是你和薇薇安不行，你们要活在我的青春记忆里。"

可怕的是，我确实还像个孩子一样，一直没长大。我一直想着长安街散步、午夜的电话、闷热的火车站。

灯光、发呆、笑声（不是我的）和长长的闷热的夜、无尽的白昼组成了我目前的生活。我笑也不是真正在笑，谁知道我在想什么，而我追求的从来没有出现过。

我像是从来没有存在过似的沉默。

我追求的从来没有出现。从来没有一个人主动将我打动，我的心在渴望爱情，我在颤抖，我渴望那种一秒钟胜过一光年的爱情。那种完全纯粹的、没有任何杂质的爱情。两个人的身心完全交融，没有任何距离和隐瞒的爱情。

贾妮所在的《01001》杂志第一期就做了一个专题，要拍一些特别野的女孩。正好我认识其中一两个，于是拍摄地点定在我家。刚开始我还穿着小T恤和小短裤，很快发现别人就都脱得只剩内衣，我顿时感觉自己好像穿得太多了……面对这帮女流氓，我怎么能甘于人后呢？这时其中一位说了句妙语“让我给你们脱的力量”。

我穿上白色14孔马丁，大家看着我穿上马丁的造型，一致嘲笑起我对朋克从一而终的伟大精神。不过，我们内心强悍的人，是不会理别人的眼光的，是很一条道走到黑的，是会在一棵树上吊死的，是会为了一棵树放弃森林的。

“我还是适合朋克造型。”

"还是神经病路线更适合我。"

四

一晃两年过去了，这段时间贾妮生了孩子，薇薇安找到了新男朋友，我与Martin还生活在一起，在爱情中纠缠不休。在这两年里，我几乎忘记了我曾经的梦想。Martin工作很繁忙，经常要到外地出差。我的爱情生活就处在等待与再次等待中。他不在时我会分外想念他，他一回来我们就吵架。他代表这个世界正确、正常的那一部分人，要求我戒烟、早睡早起、按时做家务。

如果我们的角色放在小说里，那么对话应该如下：

我："你老让我干活，我还怎么写诗啊？"或者，"亲爱的，没有早饭。不过我可以给你读首诗。"

深深的挫败感。

每次争吵后，都像有钢铁堵在我的胸口，无法呼吸，压抑至极。我实在是无法忍受。有时候看着他的表情，我就开始恨全人类。这种感觉糟糕透顶，让我有种若不爆发便要崩溃的预感。这时我才明白为什么那么多人在吵架时要摔杯子砸碗。

我与Martin的文化差异基本都体现在政治态度上。我一直喜欢革命歌曲，如果电视里演老电影我基本上会跟着载歌载舞，他却说他讨厌这种音乐和歌词。

有天他问我，如果他讨厌我的国家或者出生的地方，我会怎么想，怎么办。

我立刻紧张起来：“你是认真的吗？”

他犹豫了一下，说：“如果是呢？我就是问一下。”

我说：“如果是这样，那么，我就会把你当成我的敌人。”

真是他人是地狱。就算能感觉到也爱莫能助，反过来别人对我爱莫能助也成立。

我们总是因为这个吵起来，很难向他坦白承认，我对中国军队和解放军总有一种说不清道不明的情谊，一种情愫和一种情结。这就是有时候我经常批评国家和政府却不愿意承认或面对军队也许也有黑暗面一样。我潜意识里希望中国军队是最纯洁的，最光明的。

“如果在国家和我之间选择，你选择什么？”

我连结巴都没打：“国家。”

“……好，好。”他气急败坏地说，“要是你让我选，我肯定选择你！”

“问题就是我不会让你做出这样的选择！”我再一次发现无法被满足。我还真是接受不了他的态度。

Martin去厨房泡了一大壶咖啡，给我们一人倒上一杯。我们两个人都暂时把注意力从政治态度转移到咖啡上。

其实现在我特别理解Martin，要是他现在问我这个问题，我肯定毫不犹豫：选你。那时候我经常想，理想爱人的条件：他必须酷、长得帅、身材好，有才华（比如说最好同时是个诗人，但不能仅仅是个诗人），有生活情调，还得有名，对了对了，最后也是最重要的一点，得年轻。说了半天，我发现只有切·格瓦拉符合条件。他符合以上所有特点，并且早就死了。

五

一整个充满厌恶感的下午和晚上。

我发现一个人生存的印迹是抹不去的。无论他人怎么改变，都历历在目，简直不用回忆就自动跳出来。

所以，“折磨的目的就是折磨”。

打碎了再重合的过程，重要的目标是撕裂的声音而非组合起来的结果。

想着以后能生出和他小时候一样可爱的孩子，心都要融化了。

那你懂什么是爱吗？他问我。

“……”

泪眼问花花不语。

“对！我就是要毁掉你！”他毫不犹豫地大喊出来，“你浑身上下都是缺点！你根本就不完美！你糟糕至极，毫无逻辑！你只有感情，没有理智。你需要的是‘爱’……”他恶狠狠地强调了这个字，仿佛光吐出这个字就够让他感到恶心了似的。“你需要爱、同情、安全感和照顾，你以为热情就可以带来快乐和爱情。每次看到你那张充满热情的脸就让我想吐！你这个没有长大的小孩，到处去乞求你想要的爱！你根本算不上是个成人！你根本就没有大脑！”

我静静听着他说着这些，大脑里嗡嗡作响，身体像被机关枪扫射过。一切模糊的东西逐步变得清晰起来，我不敢让自己相信所发现的东西，却更不敢不相信。我还以为你是世界上唯一一个值得我相信的人呢！

“该死！”他大口喘着气，“你想要的爱是那种没有条件的爱吧？我怎么可能会给你这种没有条件的爱呢？”

门响了。Martin的朋友走进来，他并没有发现屋里紧张的气氛。

“我们约好了去酒吧喝酒，你也来吗？”Martin换上一种轻松的口气，仿佛刚才不过进行了一场与普通谈话别无二致的谈话。

我没说话。Martin扫了我一眼，站起来。“再见。”

他们走了。我能听见他们下楼梯的声音，还有他们交谈的英语。他们的脚步声越走越远，实际上就在他们还没走下第三层楼梯的台阶时，我就已经冲到厨房，举着把菜刀下了楼。

“你要干吗？”Martin恐惧地盯着刀，旋即盯上了我的眼睛。

他扭过我的手，夺过刀，劈头抽了我一个耳光。然后跑上楼，把刀放回厨房。

我还愣在原地。那个朋友目瞪口呆，僵硬地立在一旁，不知道该怎么办。

Martin又跑下楼来，他叫上那个朋友，“我们走。”然后走远了。

我一屁股坐在沙发上，陷入惶恐的晕眩中。我不知道自己刚才做了什么，完全不敢原谅自己的举动，我不敢认自己了，我已经迷失了。

我不知道坐在那里多久，久得像我已经忘了已经放弃了自己多久。

不，你不能这样对我！

我迎着冷风，快步走出胡同，打了辆车，面无表情地通报了父母家地址。岂止是面无表情啊，简直就是悲伤欲绝，眼睛只能盯住一个点不动，完全无法思考，否则就决堤千里。

我只会在床头无声地流泪。我不想管这泪水，但我哭得太厉害了，不得不到厕所拿出一卷纸巾。

把头埋在被子里，我终于哭出了声。

哦，那温暖的胳膊和胸膛，我紧紧地靠在他身上——如果失去他，我还怎么活！

又是一个无眠的午夜。我躺在床上，像一具尸体。他在哪？他在哪家酒吧？我不能去想这样的问题。我爱他，我那么爱他，可我应该怎么去爱他？

整整一个星期，我们睡觉都背对着对方。

我摔东西砸手机撕墙上的海报哭得精疲力竭。没有用，不管我做什么都没有用。

你不懂爱。他对我说。

也许他是对的。

我的头又开始疼。我懂什么是爱吗?

我爱他，可我给他带来的却全都是伤害，这到底是为什么呢?

我忘了怎么回到了床上，我躺在床上睡着了，做了几个噩梦，醒来发现他还没回来，时钟指向凌晨三点半。

我再也睡不着，到阳台上抽了支烟，又回到了床上。

因为恨。因为恐惧。

我知道自己彻底完蛋了，我被自己的爱所撕裂了。我知道自己永远无法嫁给他了，我们没法生三个孩子了。我们无法相依为命直到老迈了。

你会照顾我吗?当我老了?他原来经常这么问我。

我会。我如是回答。

我需要被拯救。我的灵魂罪恶累累，我要洗脱自己的罪责。

也许我死后要下地狱，无所谓了。就算是下地狱，我也是我们中唯一那个下地狱的。就把所有的罪给我来背吧，因为我爱你。

在我们两个人爱情的战争中，我输了。

六

我开始喜欢上了别人，基本隔两个礼拜喜欢上一个人，包括刚高考完的玩乐队的年轻skinhead、在外地的玩实验音乐的男孩，还有些掺杂着友情与微妙心动的不知道如何定义的伙伴。和他们在一起，做爱是次要的，甚至是不必要的。重要的是和他们在一起我轻松无比，可以当自己又不会被误解。我现在还记得在Martin出差的晚上，我常常拿着电话和其中一个打电话，他一遍遍地问我，他对我这么冷漠这么不理解我，我这么不快乐，为什么不能离开他呢?

这么多人逐渐出现在我的生活中，常有冲突的可能，这里面混杂了年少的没心没肺、对情感的不了解以及悲伤的喜剧色彩。比如我正在和双子座聊天，突然接到双鱼座电话，他说喝多了，要来我家找我，于是我就对双子座说，你先走吧。双子座看着我，眼神表现出那种伤心和复杂让我当场就后悔了。

这些情感最终都无疾而终，就像一抹淡淡的痕迹，最终都被时光蒸发殆尽。

七

“为什么你不想跟我结婚呢？难道你真是德国政府派来的间谍？组织上只给了你要诱惑我的任务，没让你跟我结婚？”我死皮赖脸地问Martin。

“你真逗，现在这个世界上哪里还有间谍？克格勃早就不存在了！你那些从电影、小说里看来的都是骗人的，别幼稚了！”Martin理直气壮。

“我只想找出那个你不跟我结婚的理由。”

“为什么人都愿意为事情幻想一些根本站不住脚的理由，却对清楚无比的事实视而不见？我没有说不跟你结婚啊，但我现在的确不想结婚。我们结婚太麻烦了，需要去大使馆，还要签一些材料，需要准备很长时间。如果说现在我们走出门就能结婚，我愿意。但是如果要大费周折，我不愿意浪费精力。我已经很累了，没有精力去办这些事。

为什么非要结婚呢？难道我们结婚以后关系就会变好吗？你每天除了跟我说结婚，还有别的话题吗？结了婚以后你还会说什么？”

“可是如果我们不结婚的话，终究有一天会分开的。……这个世界对待女人太不公平了，一个男人四十岁不结婚没什么，可一个女人四十岁还不结婚大家都会想她是不是没人要。”说完这句话，我感觉很虚弱。终于还是承认了，世界是不公平的。

“你离四十岁还有很多年……”

“天呐，光一想到如果一两年后我们还住在一起还在讨论结不结婚的话题我就想死。”

“我们应该活在现在，只有现在才是重要的。”

“人们总是说活在现在活在现在，我早就听腻了。我永远是活在过去与未来的。现在进行时对我来说只不过是连接过去与未来的一个点。”

孤独。而且无法交流。

我们都是两个孤独的人，每个人坚守着自己的信念。只是，我们完全无法交流。在我们中间流动着的不是牛奶而是沥青和水泥。我们能在一起完全是因为我们明白我们是两个孤独至极的人。试图交流只会让我们更孤独。我们曾经试过，结果却两败俱伤。

我迅速找了一个房子，搬了进去，正式回到了二环以内。那个小公寓位于工体西路，绝对市中心。每当晚上我回家时都得路过一堆红男绿女，我感觉我简直就是一霓虹灯下的哨兵。这个位置十分利于聚会，好几次朋友们约在附近吃饭我都是散着步去的。

八

小脉在网上问我还记不记得父母未生我之前的我。出生之前的我？我被他问愣了。

我是谁？我真的不知道我是谁。但是，我周围的人都知道自己是谁，就连走在大街上的陌生人也都自信至极，他们肯定也都知道自己是谁。

而我还是如此天真并且不知边界。一个放逐者。

Martin偶尔会来看我，他会请我到楼下喝咖啡吃饭。离开他之后我迅速贫困潦倒，连喝咖啡的钱都没了。

每次缺钱的时候，我都希望有个人来拯救我，这是种白日梦，我从来没有想过为什么我没钱。我没有思考过现实，真正的现实是什么，它从未曾存在于我的脑海。

我对这些都后知后觉，那时候北京的夏天如往常一样闷热，那年雨下得特别多，我常常坐在窗口边抽烟边听外面的雨声，整个北京就像只有我一个人，我往往有这种感觉，整座城市为了我存在，整个地球为了我一个人运转。

我的冰箱里常常只有咖啡和可乐，后者是为了做“自由古巴”用的。薇薇安一来我家就感慨：你的冰箱充分体现了你的作家身份。

《01001》杂志又要推出一个新选题，题目叫“隐藏在都市里的游魂”，其实就是采访一些各式各样的人，新瓶装旧酒而已。接受采访的大多数人只是为了免费让专业摄影师拍一套照片留作日后他用。我也是如此。

过来采访的摄影师一下子迷上了我家的气氛，据他说让他想起他在巴黎留学时住过的破公寓。

那天晚上，我与摄影师并排躺在床上，没有情欲，只有“可怜天下沦落人，相逢何必曾相识”的惺惺相惜。

真的很有意思，回想起来，许多次我都是这样和异性躺在床上，内心愉悦，无话不说，什么都没有发生。不知道这是不是叫“形而上”。

九

一个阴沉的下午，我正在家里对着Word文档发呆，不知道该写什么，如同困兽犹斗。电脑在播放着最近我常听的几首单曲，反复循环，我已经不用思考就能根据旋律唱出那些英语歌词。桌子上放着一壶刚泡好的咖啡，又忘了买牛奶，我没有食欲，厨房也没有任何吃的了。

正在此时，QQ上一个久违了的朋友的头像亮了起来。

“在吗?”

我说在。

他说他最近每天都在忙着录新专辑，要发我几首听听。我点了“接收”，看着mp3慢慢地、一秒秒地传了过来。

我点开，音乐响起的那一刹那，我的心情完全转换了，窗外那恼人的阴沉的雾霾变成了浪漫的灰色氧气，一切都那么心旷神怡，就连那杯没加牛奶的黑咖啡都变得可口起来。我沉浸在音乐带给我的感动中，想到这是还没有完成的作品，还没上市，就更感觉这种享受如此私密如此美好。

他约我出来聊天，穿着简单的衬衫和仔裤，我穿了一条黑色绸缎连衣裙；他穿白球鞋，我穿黑色高跟马丁靴。

那天依然是个阴天，据说晚上有大雨。雨一直没下起来，地上仍然有昨天下过雨的痕迹，雨后的空气弥漫着松树发出的木香，天空是红色的，因为污染，二环以内的天空都是红色的，这是我万分熟悉的天空。

他开车送我回家，他向我伸出手，“拉拉手吧。”

我握住他那双有点凉却秀气的手。

雾气蒙蒙长安街，对于我们而言同样熟悉。与Martin交流的一切障碍和不适此时荡然无存，和与我一样成长于北京的男孩在一起，一切都那么熟悉和自然，那是久违了的少年情绪，我欢快地呼了一口气，终于有了种解脱感。

这个夏天终于变得有点意思了。

Martin又来找我，他在楼下给我打电话，我一路小跑奔下楼，穿过开着月季花的花坛，穿过院里打牌的老头老太太，穿过打工的民工，一眼就看到Martin倚靠在院门口的身影。他还是穿着牛仔裤、T恤衫和球鞋，那么简单那么好看，这就是帅啊，完全不需要打扮，我看一眼就能立刻高兴起来。

看见我，Martin向我绽开笑容。他的笑是单纯的，像孩子一般，单纯而有力量。有些什么纯洁的东西，那是一种从未改变过的状态。

我立刻原谅了他，原谅了我们。